여담

여담

박세현 경장편

경진
출판

내일은 소설을 써야겠다.

꿈을 꾸다가 깨어나서 소설을 써야겠다. 소설을 써야겠어. 멋진 일이다. 소설 속에서 시를 써야겠다. 매일매일 시를 쓰는 거다. 문장 수리공처럼 엎드려 볼펜으로 시를 고치자. 어슴푸레하게 날이 밝아올 때까지 시를 고치자. 어쩌면 처음 보는 다른 세계가 열릴지도 모른다. 문학하는 동지들을 소설 속으로 불러모아 가십처럼 문학얘기를 나누자. 누구 시는 이렇고, 누구 소설은 저렇고. 대놓고 하기 힘든 얘기들을 쏟아놓는 거다. 내일은 소설을 써야겠다. 가슴이 벌렁거린다.

생각만으로도 신난다.

나는 벌써 내가 쓸 소설 저 너머에 가 있다.

자고 일어났더니 내 나이 칠십이 되었다.

죽을 때가 다가오는군.

나는 깜짝 놀란다.

놀라는 척 한다.

그동안 내가 살아있었단 말인가. 그럴 리가. 나는 이미
죽었지만 잠깐 다시 살아와서 이승의 잔무를 정리하는 중
이다. 쓰던 원고 퇴고도 하고, 다 읽지 못한 소설도 읽고,
미처 헤어지지 못한 인연들과 작별도 해야 한다. 외상값도
갚아야 한다. 휴가 나온 사병처럼 분주하게 살아야 한다.
오늘은 친구에게 안부전화를 걸어야겠다. 잘 있었는가? 그
동안 적조했네 그려. 난 죽었잖아.

돌아보니 참 열심히 헛살았구나. 새로 시작한다고 해도
다른 삶은 없다. 그동안 믿어왔던 가치들이 낡은 선언처럼
공허하게 들린다. 수다스럽고 장엄했던 헛것들이여. 나는
생애의 대부분을 문필작업에 종사해 왔다. 뜬구름 같은 시
인놀음에 취해 살았다. 후회는 없지만 뿌듯한 보람이 있는
것도 아니다. 이것이 나의 근본사상이다. 그저 그럴 뿐이

라는 뜻이다. 농부가 텃밭농사에 매달려 살듯이 대견할 까
닭도 허전할 까닭도 없다.

내게 시는 방편이자 핑계거리였을 것이다.

누구에게나 삶의 멍에는 있다. 나는 엉겁결에 시라는 멍에를 뒤집어썼다. 그 멍에는 나에게 잘 맞지 않았다. 그동안 나는 시인으로 살았지만 그 의상은 나의 것이 아니라 남의 것이었음을 이실직고한다. 내 몸에 맞는 옷이 아니라 남의 옷에 내 몸을 맞추려 애썼던 것. 착각과 기만으로 보냈던 문필업이다. 때로는 김소월에 때로는 김춘수에 묻어갔을 것이다. 남의 것을 내 것으로 착각하며 사는 우쭐함도 있었구나. 이제 그런 우매함과 기만성을 내려놓고 내 자리가 있다면 그리로 돌아갈 것이다. 그 자리가 텅 빈 공란이라도 좋다.

나는 잠에서 깨면서 각성하듯이 소설을 쓰기로 했다.
시라는 몽매에 시달리면서 살아온 날들을 소설이라는 형식에 집어넣어볼 생각이다. 트릭이라면 트릭이다. 자서전일 수도 있고, 수기일 수도 있다. 나는 그렇게 부르지 않을 작정이다. 수필 이상 소설 미만의 글이다. 경장편이 좋겠다. 내 얘기지만 보정과 편집이 많이 가해졌다는 뜻이다. 에세이 픽션도 좋다. 이름이야 아무러면 어때. 소설을 끌고 가는 나를 쓰는 사람과 동일시하는 것은 독자의 영역이지만 거기에는 많은 편차가 있음을 간과해서는 안 될 것이다. 적당히는 실제의 나이고 적당히는 가공된 내가 될 것이다. 쓰고 있는 나도 어디까지가 현실 속의 나인지 구분하기 어렵다. 소설 속에 등장하는 나는 그러므로 문법적 주어의 지위를 갖는데 불과하다. 경장편이라고 했지만 그것이 문학적으로 어떤 개념인지 나는 모른다. 장편소설과 단편소설 사이에서 자기 자리를 충분히 부여받지 못하고 애매해진 중편소설처럼 경장편은 단지 길이의 문제인지 어떤지는 잘 모르겠다. 끝까지 가봐야겠지만 내가 말하는 소설은 유사소설에 지나지 않을 것이다. 본격소설에 대한 갈망으로 쓰여지는 글이 아니기에 어디서 좌절해도 상관없다. 내가 지녔던 시에 대한 갈망들을 프리배팅 하듯이, 마치 소설인 듯이, 소설이 아닌 듯이 써보자.

내일은 소설을 써야겠다.

아슴한 잠 속에서 떠오른 생각이다. 꿈속이었는지도 모른다. 꿈에서 누군가가 당신은 소설을 쓰시오. 그렇게 귀띔했을 수도 있다. 그거야 아무래도 좋다. 내 문학의 소망은 아니지만 소설을 써야겠다. 왜? 그런 건 따지지 말기로 하자. 시로는 무언가 부족하다? 성이 차지 않는다? 그것은 아니다. 시의 힘은 부족함에 있다. 채워지지 않아서 시다. 시의 절반은 비어 있어야 한다. 언어의 골다공증. 충만한 시? 그런 건 시가 아닐 것이다. 시는 그 빈 자리 때문에 늘 전전긍긍한다. 나는 여태 시의 빈 자리를 찾아가기 위해 특히 시를 썼다. 소설은 어쩌면 시가 채우지 못한 공란을 재건축할 수 있는 작업이 될 수도 있다. 내 생각의 출발점은 이 근방에서 머뭇거린다. 옳은 말인가? 문장을 수정한다. 옳은 말이라는 자기 확신은 버리자. 쓰기에 대한 강박도 이별해야 한다.

소설을 쓰자.

소설을 쓰는 거야. 그런데 어떤 소설을 쓰지. 무슨 얘기를 쓰지. 내가 떠들어댈 말은 뭐야. 여기에서 나는 막연해진다. 일말의 연민과 슬픔이 피어난다. 쓸 말이 없다. 사람들이 하고 싶은 말은 할 만큼 충분히 해버렸다. 넌더리가 나도록 해버렸다. 그럼 나는? 나야 당연히 할 말이 없는 거지. 없다. 음. 나는 얼른 나를 수긍한다. 할 수 없다. 할 말 없음에 대해서 쓰자. 시작.

소설을 써야지.

소설을 써야겠어. 아무래도 소설을 써야겠어. 무슨 말이든 써야겠어. 쓰지 않고는 배기지 못할 것 같은 것은 아니다. 소설을 써야겠다고 생각한 뒤부터 나는 날마다 소설에 빠져 살고 있다. 소설을 써야겠다는 작심은 나에게 화두가 된다. 해결해야 할 난제다. 나는 화두를 즐기고 있다. 무엇에 대해 쓴다든가 어떻게 쓰느냐와 같은 문제는 고려하지 않는다. 그것은 중요하지 않다. 지금의 나에게는 소설을 써야 한다는 즐겁고 괴로운 강박뿐이다. 왜 그런 생각이 내게 왔는지 알 수 없다. 소설을 써야겠다는 생각이 어디서부터 흘러왔는지 모르면 모를수록 소설에 대한 열망이 더 깊어진다. 소설을 쓰겠다는 나의 소망은 기원이 없다. 어딘가 빈 구멍을 찾아 흘러가는 작은 물줄기와 같다. 잔업에 시달리는 회사원 같은 생활을 하는 소설가도 있다. 소설가가 아닌 나로서는 부럽지가 않다. 그것은 진짜 소설가들의 일이기에 나랑은 무관하다.

아무튼 소설을 써야 해. 아무튼. 아무튼.
경장편을 써야겠어. 경장편을. 그래, 그게 좋겠다. 경장편.
경장편에는 명칭부터 무언가 있어 보인다. 그렇다. 경장편을 쓰는 거야.

그런데 내가 왜 소설을 써야 하지?

나는 시를 쓰는 사람이다.

시인이다. 그저 그런 책을 읽고, 그저 그런 생각을 하고, 그저 그런 시를 쓰고, 그저 그런 삶을 산다. 그저 그렇다는 것은 곧 익명의 삶이다. 시를 쓴다는 자기 관성을 만족시키기 위해 쓴다. 명예도 영광도 없다. 이름마저 없다. 처절하고 철저한 익명의 삶이다. 익명에 갇혀 있지만 때로 그런 정황은 나를 충만하게 만드는 요인이 되기도 한다. 시와 마주앉아 소곤거릴 수 있기 때문이다.

정말 소설을 쓸 수 있을까? 내가 생각하는 소설은 그러니까 아무런 전제도 개념도 본보기도 없다. 족보가 없다. 소설을 쓰겠다는 근거 없는 흥분만 도착해 있다. 실로 우스운 일이다. 미세한 설렘만으로도 충분하다. 정말로 소설을 완성하게 될지도 모른다. 앞당겨 흥분하자면 소설을 탈고하는 그날 동네 술집 春三月에 가서 혼술로 소설을 축하해주리라. 하지만 쓰다가 말 수도 있다. 그건 말이 된다. 그게 내가 꿈꾸는 소설이기도 하다.

소설을 쓰겠다는 생각은 일단 접어두기로 한다.

당분간 목전의 현실부터 정리해야 한다. 일년 넘게 저렇게 뒤죽박죽으로 포개어져서 근친상간적 표정을 짓고 있는 책들부터 정리해야 한다. 읽어야 할 책과 읽은 책과 읽지 않을 책들이 계통 없이 섞여 있다. 소설을 시작하기 전에 앞에 놓인 어수선을 정리해야 한다. 다음 시집의 교정도 마무리지어야 한다. 시는 쓰는 순간까지만 나의 관할이다. 짧은 생명력이다. 불꽃같군. 시대를 넘어 장대하게 흘러가면서 남겨질 기억력의 대상이 아니다. 컴퓨터 자판에서 손을 떼는 순간 시의 생명은 마감된다. 나는 그 순식간을 위해 시를 쓴다. 이것이야말로 시의 꿈이다. 오래 남아서 누군가의 생각이 덧칠되면서 시는 변질된다. 그것은 내가 쓴 시가 아니다. 저작권은 그때 그 시를 읽는 사람의 것이다. 정작 시를 쓴 주체는 설 자리가 없다. 출판은 장대하고 엄숙하고 조출한 저자의 영결식이다. 시를 쓴 나의 방황은 시작된다. 아쉽지만 자기 시와의 작별도 시 쓰기의 연속행위일 것이다. 내가 집착했던 말들의 연쇄 속에서 나는 사라지고 나는 증발한다. 저자의 진정한 죽음이다.

나는 어제 강릉에서 출발하는 청량리행 ktx 15시 29분 열차를 탔고, 전날에는 강릉독립영화관 신영에서 14시 20

분에 상영하는 홍상수의 〈탑〉을 보았다. 그 이틀 전에도 같은 시간에 〈탑〉을 보았다. 두 번 다 C열 7번 좌석에 앉았다. 그런 게 중요한 건 아니다. 첫날은 네 명. 둘째 날은 세 명이 보았다. 이 통계에는 내가 포함된다. 이런 것도 중요한 건 아니다. 나는 잘못 들어온 경로관객처럼 앉아서 영화를 보았다. 영화 얘기는 뒷부분 어디선가 또 쓰게 된다. 잊어버리고 안 쓸지도 모른다. 역시 그런 것도 중요한 것은 아니다. 이 문장들 사이사이에는 누락된 것들이 많다. 그것들은 나의 문장이 구원하지 못하고 있다. 실로 문장이 놓쳐버린 것들. 사람과 사물, 거리와 풍경들, 단풍들, 자동차들, 강릉천주교회의 십자가, 내게 길을 묻던 남자, 명주동 뒷골목, 제시간에 오지 않는 235번 시내버스, 남대천, 인구 20만 도시에서 쓰는 시, 날마다 뜨는 태양, 지금은 없어진 서점. 언제부터인가 홍상수 영화는 내가 만들었다고 착각한다. 내가 만든 영화를 내가 보고 있다는 착각. 착각.

아침에 시 한 편을 썼다. 시를 쓰는데 걸린 시간은 60초 정도다. 뤼미에르 형제가 찍은 단편영화 〈항구를 떠나는 배〉는 상영시간이 50초라니 그보다는 10초 가량 더 걸린 셈이다. 시는 수정하지 않는다. 오타는 바로잡는다. 퇴고는 생각의 원천을 왜곡하는 작업이다. 고치고 또 고치는 일에 나는 관심이 없다. 그것은 쓰는 사람의 윤리다. 시 쓰는데 60초가 걸렸다고 하면 오해를 살 수 있다. 내가 시 쓰는 기계라고 생각할지도 모른다. 숙고는 다른 시간, 다른 장소, 다른 계기를 통해 하는 것이고 시를 쓰는 순간은 직관의 영역이다. 세상에는 나와 다른 집필관이 많다. 이 주제는 여기서 접는다. 시가 떠오르면 손이 떨려서 아들에게 받아쓰게 했다는 박용래의 일화도 있다. 나에게는 그런 태생적인 수전증이 없다. 시를 향한 순결성이 그만큼 적다는 말이다.

사람들은 시 없이 세상을 잘 견디고 있다.
그런데도 시는 꾸준히 쓰여지고 있다. 시인들만 단지 절절하다. 어제 오늘의 현상은 아니다. 주술의 권능에서 벗어나면서 시는 오로지 시의 길을 간다. 계몽도 아니고 힐링도 아닌 길을 간다. 그것은 언어의 길이자 언어도단의 길이다. 표현되는 순간 표현을 상실하게 되는 것이 시의 팔자일 것이다. 끝내 언어에 포획되지 않는 그것을 향해 시인은 골

몰한다. 끝내 언어에 포착되지 않는 대상a 같은 것. 그게 시라면 나는 이의없이 동의한다. 존재하지만 언어의 그물에 걸리지 않기에 그것의 실체는 누구도 알 수 없다. 내 정신 속 어딘가에서 수시로 부스럭거리는 그것.

　이제 시는 문학사의 품을 떠났다. 각자 제 갈 길을 간다. 시가 문학사가의 안목과 이해의 관할에서 해방되었다는 것은 경축할 일이다. 시는, 시를 쓰는 개인의 문제로 이관되었다. 당신에게 시는 무엇인가. 아니 무엇이 시인가. 쓴다고 가정된 주체들은 여기에 응답해야 한다. 그게 시인의 시 쓰기이고 윤리적인 태도다. 그것이 아니라면 시는 소음이고 시집은 한 묶음의 폐기물이 된다. 나에게도 물어 달라. 당신은 왜 시를 쓰는가. 나는 말할 수 있다. 시가 시시해져서 한없이 시시해져서 나는 쓴다. 웃으면서 쓴다. 울면서 쓴다. 내 몸에서 튀어나간 말들을 다독거리기 위해 쓴다. 말들아, 그건 빈 말이었다. 이론 없이 쓸 수 있는 시대가 와버려서 좋다. 나 혼자 나의 리듬에 맞게 징징거려도 문학의 이름으로 허용되는 때가 찾아왔다. 관용적인 워딩이지만 시가 죽었다는 선언처럼 시원한 소식은 없다. 이론적 꼰대들이 사라진 자리에서 자기 시를 쓰는 일은 통쾌하다. 설령, 그것이 시가 아닌들 어쩌랴. 이론의 수혜 없이 어딘가에 가 닿으려는, 장벽을 넘어가려는 언어적 몸짓을 나는 지지한다. 이 작업은 실패할수록 고귀하다.

시가 죽었다는 표현을 발설한 시대는 위대하다. 비로소 시가 무엇인가를 재고하게 만드는 힘이 싹튼다. 문학개론을 뒤적거릴 때는 아니다. 중고 시론을 참고할 사정도 아니다. 세계적인 시인들이 도달한 곳도 아니다. 시는 각자의 길일 뿐이다. 족보 없는 시. 누구의 품에도 안겨 본 적이 없는 시. 그런 시가 있으려나. 그대는 순진하시군. 있다는 듯이 쓰는 거야. 그러면 시는 나타날 거다. 시 같지 않은 소식으로 그대가 두드리는 키보드 위에 시는 강림할 것이다. 찰리 버드 파커의 고장 난 알토 색소폰에서 듣도 보도 못한 장광설이 쏟아지듯이.

어제는 수요일.

1호선 전철 금천구청역에 내려 도보로 10분 거리에 있는 출판사에 갔다. 날이 너무 좋다. 가을날이 좋아서 내게 용건 없는 문자를 보낸 사람도 있다. 복 있을진저. 오늘 업무는 준비 중인 시집 『自給自足主義者』의 교정과 편집에 대한 의견교환을 위해서다. 4호선 상계역을 출발하여 서울역에서 1호선으로 환승하면 70분 정도의 시간이 걸린다. 견딜 만한 거리다. 시집을 인쇄하는 작업도 이와 비슷하다. 견디는 것. 무엇을 견디는가. 언어의 압력을 견딘다. 언어의 압력? 그렇다. 언어에 스며 있는 의미들의 구시렁거림을 덜어내는 일이 내게는 소용없는 시 쓰기다. 가 본 적 없으면서 그런 곳이 있다는 풍문에 의지한 길이다. 외롭고 높고 그러나 싱거운 도정이다. 헛수고를 확증받기 위한 길. 의미에 끌려다니는 시를 쓰고 있다는 슬픔. 열불. 화. 끈적거림. 항상 남아 있는 뒤.

말과 말 사이의 빈 구멍 속으로 나는 들어간다.

시집의 교정이 끝났다.

제목은 『自給自足主義者』로 결정했다. 내가 쓰고 내가 읽는 시. 요즘 어떤 책을 읽고 있습니까? 내 시집을 읽고 있지요. 그리고 웃는다. 인터넷에 올릴 책 소개글도 써야 한다. 작은 출판사는 손이 없어서 저자가 이런 일을 거들어야 한다. 자신의 책에 대해 정보내용을 정리하는 것은 다른 각도에서 자신의 책과 대면하는 민망한 순간이다. 시를 타자할 때는 몰랐는데 시집 전체가 막연해진다. 이거 내가 썼단 말인가. 믿어지지 않는군. 시에 사용된 낱말 하나, 구절 하나, 행바꿈까지 내 것은 없다. 모두 어디선가 빌려온 느낌이다. 내 것이라고 할 게 없군, 없어. 차라리 외계어로 쓸 걸. 홀소리나 닿소리만으로 쓸 걸. 그런 생각을 떨쳐내면서 시집을 개관한다. 내가 쓰면서도 이건 허황스럽다. 이걸 읽는 독자들은 믿어줄까? 출판사 서평은 외부 필자가 맡았고, 책소개는 내가 직접 썼다.

책소개

60편의 시와 긴 시집 뒷말이 수록된 시인의 15번째 시집.

박세현의 시는 읽혀지기 위한 쓰기가 아니라 쓰기 위한 시라고 하는 것이 더 옳다. 잘 썼다든가 좋은 시라는 문학적 통념은 그의 시에서 힘을 갖지 않는다. 새로운 의미의 발견이나 발명에도 박세현의 시는 관심을 두지 않는다. 의미

의 덧없음, 언어만 가진 언어의 허구성을 드러내는 작업이
박세현적 글쓰기의 출렁거림이다.

출판사 서평

박세현은 팬데믹 3년 동안 9권의 저서를 납품하면서 자신의 시적 자산을 여지없이 탕진했다. 시집 『갈 데까지 가보는 것』과 『아주 사적인 시』에서 보여준 풀 스윙이 그러하다. 그는 썼던 시 다시 쓴다는 자기표절과 동어반복의 겹쳐쓰기를 특별한 방법론으로 시를 밀고 갔다. 자신의 시가 독자들의 시선 밖에 있다는 변방의식을 시적 전략으로 자유롭게 활용하면서 외롭게 도달한 그만의 지점이 빛난다. 이번 시집 역시 반성 없는 자기 탕진을 계속하면서 한국시의 트랙을 미련 없이 이탈하는 문체의 스윙을 전시한다. 자기가 쓴 시를 자기가 읽을 수밖에 없는 충만감을 시인은 자급자족주의로 규정한다. 시인적 사유의 불가피한 지경이자 벽이다. 여유 있게 시를 초과하는 화법은 시인만의 별스런 증상이자 갈증이다. 이러한 과정을 경유하며 박세현은 자신의 시를 독특하고도 먼 이 시대의 변방에 세워놓는다. (이제금, 독립영화 감독)

소설을 쓴다고 하면서 시작을 못하고 있다.

소설은 쓰여지게 될 것이다. 플롯도 없고, 스토리도 없는 소설이 되겠지. 엄밀하게 말하면 무플롯이 플롯일 테고 무스토리가 스토리일 것이다. 읽는 사람들은 화를 내겠지. 짜증을 내게 될 것이다. 나는 독자를 설득할 기운이 없다. 내가 쓰려는 소설은 누구를 설득하기 위해 쓰여지는 것은 아니다. 그냥 쓰는 것이다. 그냥 쓰여진 글에 내가 자발적으로 자체적으로 부여하는 이름이 소설이다. 이미 이런 유형의 소설이 있었는지 어떤지는 모르겠다. 있어도 상관은 없다. 나는 나에 대해서 쓴다. 글을 쓰고 있는 나와 쓰여지는 나는 다르다. 내가 쓴 글을 읽는 나도 다른 나다. 내가 쓰는 소설은 세 가지 층위의 내가 흘러간다. 그들은 서로 만나지 못한다. 한 곳에서 기원하지만 흐르는 곳은 같지 않다. 서로 만나지 못한다. 글쓰기 주체의 운명이다.

오늘 시 한 편을 썼다.

이게 무슨 대단한 일이겠는가. 자판놀이라면 어떤가. 나야 여가활동 정도로 이름 붙여 두겠다. 글쓰기에 사활을 거는 문필인들은 실색할 수 있겠지만 나는 나름 이런 명명에 그닥 불만이 없다. 여가는 인생의 공터다. 정신의 나대지쯤 된다. 사람 그림자 없이 휑한 동네 뒷골목 풍경 같은 시간이 나에게는 여가다. 일도 없고, 기다리는 사람도 없고, 심심한 시간과 마주하고 있을 때, 시가 움직인다. 내 생각에 동의하지 못하는 댓글이 많을 것이다. 그러나 그렇다. 정색하고 시를 쓴 시인들은 많다. 싱겁게 들리겠으나 시라는 업종은 정색하면 남는 게 없다. 시가 직업이 되지 못하는 까닭도 여기에 있다고 본다. 전업 시인이라는 조합은 아무래도 자연스럽지 않다. 시는 온몸으로 써야 한다고 역설한 선배 시인도 있다. 이제는 아니다. 평균은 모르겠으나 시는 사양이 좋은 노트북으로 써야 한다.

새벽에 트위터를 읽었다.

대개 나랑은 관계없는 트윗들이 타임라인을 채운다. 음식, 여행, 반려동물, 영화, 책 등등에 관한 트윗이 쉴새없이 올라온다. 트윗을 읽으면서 각질이 깊어지는 내 생각을 마사지한다. 나는 그저 볼 뿐이다. 「백치 아다다」의 작가 계용묵의 본명이 하태용이라고 쓴 트윗이 눈길을 끈다. 석사급 정도의 국문학 정보는 묘한 향수를 불러온다. 내가 잃어버린 문학 초발심을 자극한다. 창조와 백조와 폐허와 장미촌과 조선문단 같은 기표들이 지나간다. 현대문학, 문학예술, 사상계, 창작과비평, 문학과지성, 문학사상과 같은 잡지도 지나간다. 어떤 것은 역사가 되고 어떤 것은 잊혀진다.

애독했던 작가의 책을 이제는 더 이상 읽지 않는다는 트윗도 보았다. 작가의 이름도 공개했다. 동의한다는 댓글도 여러 개 달렸고, 자신이 더는 읽지 않는 작가 명단을 올린 트윗도 있다. 애정했던 작가가 더 이상 새롭지 않다는 이유다. 내게도 슬그머니 놓아버린 시인과 소설가들이 있다. 왜 없겠는가. 여기에 명단을 적지는 않겠다. 어떤 작가와 나 사이에 문학연이 다 소진되었다는 말이 된다.

끝까지 여일하게 지지할 사이비 교주 같은 문학인은 누

구인가. 오래 읽고 싶은 소설가도 있고, 시집이 기다려지는 시인은 있다. 다행이다. 나도 등단을 했고, 책을 냈으니 문인이라는 등번호는 있지만 유니폼만 걸치고 벤치에서 남의 경기만 관전한다는 생각. 그러니 해설가들의 관전평의 대상이 아니다. 트위터 댓글창에 지워도 된다는 문인 명단이 계속 올라온다. 내 독서 범위는 개화기부터 1980년대까지다. 이후부터 내가 가진 문학의 질서는 흐트러지고 붕괴되기 시작했다. 내가 알 게 뭐냐. 나는 지금 나와 무관한 시대를 방관하며 살고 있다. 살아 있다는 말이 맞겠군.

한때는 (쓰지 않아도) 누구나 시인이다.

그 한때를 평생 지속하는 사람은 (쓰지 않아도) 시인이다.

이번 가을에 나는 정동길을 여러 번 걸었다.

닷새를 걸었다. 한번은 길을 잘못 들어서. 한번은 갔던 길 다시 복습하고 싶어서. 나머지 세 번은 시네마아트에 가기 위해 그 길을 택해서 걸었다. 나는 지금 소설을 써야 겠다고 다짐하면서 계속 수기(手記) 근처에서 맴돌고 있다. 얼른 수기를 끝내고 소설에 착수해야 한다. 시네마아트는 종로 3가 서울극장에 세들어 있었는데 정동 경향아트홀 2 층으로 이사했다. 5호선 서대문역 5번 출구를 빠져나오면 도착한다. 시네마에서는 장 뤽 고다르 회고전이 열리고 있다. 시네필은 아니지만 죽을 때까지 영화를 찍었던 고다르의 정신은 많은 참조가 된다. 11월 13일 14:00에 본 영화는 〈할 수 있는 자가 구하라〉이고 16:40에 본 영화는 〈오른쪽에 주의하라〉.

영화가 끝나고 극장 밖을 나섰을 때는 가을비가 세차게 뿌렸다. 여름 소낙비 같았고, 신발 위로 물이 넘쳐나기도 했다. 고다르 영화에 대해서는 침묵한다. 뭐가 뭔지 모르겠다. 그래서 더 좋다. 비가 사선을 그리며 흩뿌리는 담벼락에 낡은 포스터가 있어서 들여다봤다. 턱을 괴고 있는 김수영의 이미지가 비에 젖고 있다. 詩여, 침을 뱉어라. 이미지의 밑바닥에는 시인의 스승은 현실이라는 문장이 찍혀 있다. 선언이나 구호 같다. 포스터는 낡았고 부분적으로는 찢겨 있다. 김수영 시인은 왜 여기 엮여 있는가. 비오는 밤길 정동 담벼락에서 선생은 무슨 사상에 인질로 잡혀 계신가. 툭하면 김수영이 소환되는군. 속으로 중얼거린다. 선생님, 조용히 사셔도 됩니다. 나는 나뭇잎이 물들고 있는 늦가을의 정동길을 개관하면서 영화관 건너편 김밥천국으로 들어갔다.

오늘도 시를 썼다.

쓴다는 말은 참 숭고하군. 대체가 없는 말이다. 나는 숭고하다는 단어를 숭고하게 여긴다. 나에게 숭고는 가수 조영남의 것이다. 조가수의 어머니는 가짜꿀 만드는 셋방살이의 일을 도와주곤 했다. 조가수는 권사인 어머니가 왜 그런 일을 돕느냐고 불평했는데 권사님의 말은 나에게 여지없는 숭고로 남아 있다. 그러니 어떡하니, 방세가 나오지 않는데. 그러니 어떡하니. 후렴구는 내 말이다.

나는 시를 쓴다.

이런 나를 두고 어떤 이는 대단하다고 하고, 어떤 이는 열심이라고 말한다. 립서비스지만 이 말들이 내게 꼭 들어맞는 것은 아니다. 배운 도둑질에 나름의 정합성을 부여하려는 자기 방어일 뿐이다. 즉, 삶의 방편이다. 나는 이 사실에 정직하다. 내가 시를 쓰는 일이 나에게는 숭고라고 믿는다. 예의 그 권사님처럼 말하자면 그러니 어떡하겠는가. 하던 일이니 그냥 하는 거지. 죽이든 밥이든. 철학자처럼 말하자. 그게 삶이 아니겠니.

불행한 숭고미는 한반도 정치인들에게서 반복 세습된다. 우스워 보이는 정치인의 지지자들을 보면 역시 숭고라는 생각이 든다. 신념처럼 불행하고 불쌍하는 것은 없을 것이다. 신념은 그 발음처럼 군더더기 없이 뚝 떨어진다. 우리나라 정치는 신념이 없는 것이 아니라 너무 많은 신념이 문제다. 글이 다른 데로 새고 있다. 경계를 넘어섰다. 이것도 나만의 신념이다.

내가 시를 쓰는 것은 하릴없는 경계를 탕진해나가는 방법이다. 이 문장을 정리하면 시론이 되겠군. 나는 쓴다. 나의 쓰기는 나를 지우는 작업이다. 선생님, 시 너무 좋아요. 작가라면 누구나 듣고 싶은 말일 것이다. 쓴다고 가정된 자아의 허영을 위로받을 수 있기 때문이다. 나는 이런 장면에서 다리가 후들거리고 민망하겠다. 그 장면은 내 시가 정확하게 실패하는 현장이다. 제발, 그런 독자만은 만나지 않기를.

서울은 11월이다.

아트시네마에서 열리는 고다르 회고전이다. 포에버 장 뤽 고다르. 시네필이 아닌 나로서는 고다르가 언제나 생소하다. 언젠가는 보게 되겠지. 그날이 오늘이다. 고다르가 내게 유입된 연유라면 그가 90세에 이르도록 거의 매년 영화를 찍었다는 점이다. 영화를 만든다는 그 사실에 집중했다는 사실은 내게 영감을 준다. 그것이 어떤 영화인가는 둘째 문제다. 또 하나는 그가 스토리니 구성이니 카메라 각도와 같은 기존의 고정적인 영화기법에 개의치 않았다는 점이다. 그 점에서 그는 윤리적인 감독이다. 영화 만드는 방법을 알고 그 방법에 따라 영화를 찍는 감독들과 그는 다르다. 마치 영화 찍는 방법을 모르는 사람처럼 카메라를 휘둘러댄다. 저게 영화야 뭐야. 화가들, 시인들, 소설가들, 영화감독들, 음악가들은 모두 난망한 구멍 앞에 서 있다. 그 구멍을 구멍 난 몸으로 틀어막으려는 존재들이 예술가다.

〈고다르의 자화상〉을 보고 나왔다. 모든 자화상은 나르시즘이다. 이 영화는 그러나 나르시즘이 없다. 그보다는 영화에 대한 자신의 사유를 보여주는 영화론 내지 영화학일 것이다. 영화란 무엇인가. 고다르가 묻는 질문이 그것이라면 시란 무엇인가, 시를 쓴다는 것은 무슨 의미인가를

32

나는 묻게 된다. 내가 작성하는 이 글은 나의 거울이자 거울 밖으로 나가려는 소망이다. 거울 없는 세계, 그저 내가 나인 세계. 그런 세계가 있다면 말이다.

영화문법을 해체한 혁신가, 누벨바그의 기수, 정치적 급진주의자, 괴팍한 은둔자로 살았던 고다르는 조력자살을 선택했다. 우리는 오직 '그는 심각하게 아팠다기보다 그저 더 이상 사는 것에 지쳤을 뿐이고, 그래서 삶을 끝내기로 결정했고, 이 사실이 알려지는 것이 중요했다.'는 공식적인 문자를 통해 고다르의 죽음이라는 사건에 접속할 뿐이다. 장 뤽 고다르의 죽음은 녹화되었을까? 누군가 그런 의문을 제기한다. 가히 고다르에게 물어질 수 있는 고다르적인 질문이다. '그림이 나를 거부할 때까지 그리는 것을 좋아한다'고 말한 피카소의 말을 고다르는 영화에서 실천한 것이다. 향년 91세. 질 자콥 전 칸영화제 집행위원장은 말했다. 고다르, 그는 영화의 피카소다. 이제 세계 영화는 고아가 되었다. 금정연과 정지돈의 책 『문학의 기쁨』 107쪽에는 장 뤽 고다르가 1968년 미국 남가주대학에서 토론 중에 했다는 말이 인용되었다. 다시 인용한다. 107쪽.

고다르: 나는 사람들이 다른 영화를 보러 갈 때와 마찬가지 방식으로 내 영화를 보러 오는 것을 원하지 않는다.

관　객: 관객을 바꾸려 하고 있다는 말인가?
고다르: 세계를 바꾸려 하고 있다. 그렇다.

세계를 바꾸다니. 웬만하면 그냥 가자. 나는 틀렸다.

거울에 나를 비춰본다.

그대였구나, 그대가 나였구나. 그리고 싱겁게 웃는다.

나는 내 역할을 연기할 뿐이다.

나는 시인이다. (이모티콘 생략)

퇴직교수다. 누구의 남편이기도 하고, 아버지이기도 하다. 음, 그렇군, 무엇보다 전철을 공으로 타고 다니는 노인이지. 아침에는 일찍 일어나서 라디오를 듣는다. 뉴스(는 작년 것을 검색해도 된다)가 아니라 음악이다. 들려오는 대로 듣는 음악이다. 모차르트일 때도 있고, 하이든일 때도 있다. 그것은 그날의 운세일 뿐이다. 어떤 날은 캐논 변주곡을 연달아 들을 때도 있다. 연주자가 다르니 그것도 나쁘지 않다. 그리고 천천히 일어나 책상 위에 있는 생수를 마신다. 아닌가? 내 말을 가로채는 그대는 누구신가. 놀라지 마시게. 나는 그대라는 시인의 초과분 혹은 잉여의 존재라네. 익숙하지 않은가. 내 목소리를 다른 버전으로 듣는 생소함이 있군. 반갑네. 잘 부탁하겠네. 우리가 할 일은 무엇인가. 일종의 연기라고 해야겠지, 소설 속 인물의 역할을 대역하는 거지. 대역이라? 그렇다네. 자네는 시인의 역할이고 나는 시인의 분신 역을 하는 거지. 그것은 우리의 선택이 아니야. 이 텍스트를 작성하는 작가의 선택이다. 일종의 대타자이지. 우리는 각자의 배역에 충실하면 된다. 약간 쑥스럽고 두렵다. 쑥스럽고 두려울 것은 없다. 다큐를 찍듯이 그대로 보여주면 된다. 알겠지만 다큐도 막상 카메라가 앞에 오면 자기 자신을 보정하게 되지 않을까? 픽션 없는 다큐는 없을 것. 그렇더라도 자연스럽게 연기하도록 하자. 연기라고 하니 더 그렇다네. 삶이 연기가 아니겠는가. 대역 없는 연기. 머리에서 연기가 나겠군. 한 사람이 두 가지의 목소리를 내게 되겠군. 일인 이역이군. 더블 캐스팅. 독백이자 중얼거림이자 주장이자 넋두리가 될 수도 있겠지. 세상을 향해 떠들지만 세상 어딘가에 닿지 못하고 자신에게 되돌아오는 메아리일 수도 있다. 그렇겠군. 그래도 그게 어딘가. 어딘가를 한 바퀴 돌아오는 자기 목소리를 다시 영접하게 된다는 건 나름 놀라운 일이다. 요즘 어떻게 지내시는가?

언제부터 언제까지를 요즘이라 해야 하는지 막연해지는군. 오늘 더하기 오늘. 오늘에 오늘을 더한다. 그날이 그날이군. 적당한 정의다. 오면 오고 가면 가고. 그건 한대수의 노래다. 아시는군. 슬픈 노래. 요즈음 나는 노인연습을 하는 중이다. 노인 실습생이다. 삶의 다른 순간을 사는 거지. 새삼스러운 건 아니지만 순순하게 받아들여지는 것도 아니다. 예를 들면 전철을 탈 때 우대권 카드를 출구에 대면 삐빅 하는 더블 클릭 신호음이 울린다. 유료 티켓에서는 나지 않는 소리다. 당신은 노인이라는 사회적 시그널이다. 공짜를 들키는 듯한 서글픈 수치심을 숨길 수 없다. 그것도 곧 익숙해져서 덤덤해졌을 것. 그렇다네. 말하자면 이런 일상적 편린들이 내 안에 조금씩 쌓이고 굳어간다네. 내 보기에 그대는 지하철 개찰구에서 태연하던데. 연기지. 나는 지금 나를 연기하고 있다. 그렇게 생각하면서 몸을 만들어간다. 조금 슬프지. 잘 견디고 있더군. 그 짓도 연기다. 견디지 않으면 안 되는, 견딜 수밖에 없는, 견디어지고 마는 습이다. 돈오점수. 그렇다. 몸에 붙여가는 작업이다. 아파트에서 전철역까지 가는데 5분 정도 걸리는데 요즘은 보폭을 조정해서 걷는다. 10분 정도에 맞게 걸음을 늦추기로 한다. 그게 노인의 액션에 더 어울린다고 자율적으로 고안한 행동양식의 하나다. 노인 세대가 노인 이하의 시민들처럼 출근걸음을 하는 것은 지양해야 한다고 본다. 전철 개찰구에서 더블 클릭 신호음이 울리듯이 걸음새도 노인다움이 적절하다. 사회적 윤리감각에도 부합될 듯 하다. 노인 이하 세대를 추월하는 걸음은 특히 조심해야 할 것이다. 알고 있다. 생활과 생활반응의 50%는 줄어든 것 같다. 50%는 심하게 보인다. 출퇴근 시간대는 전철을 이용하지 않는다든가 젊은이들이 붐비는 음식점이나 카페는 자제한다는 행동강령 같은 것을 지키려고 애쓴다. 소심하시군. 그러다보면 갈 데가 거의 없을 것이다. 이것도 돈오점수의 체득이다. 어느 날 노인됨을 인정하면서 점차 노인감각에 적응해가는 것. 그러면서 소멸의 종점을 향하는 것이겠지. 과하시다. 자네는 늘 그 과함의 정도를 알맞게 튜닝

하지 못하는 장애가 있더군. 인정. 시도 좀 그렇다고 생각되는데. 그런가. 시도 그렇다는 말에 살짝 놀란다. 시는 본래 좀 그렇지 않은가. 솔직성이나 정직성 같은 게 시에 포개지면 나는 거북하다. 마음속에 일어나는 즉각반응 즉 솔직함과 같은 불가피한 정서를 의식적으로 뭉개려는 무의식이 시적 과함을 낳고 있겠지. 더 생각해보겠네. 그렇다고 그것을 부정직성으로 규정하는 건 너무 편리해보인다. 자네를 늘 지켜보고 있지만 자네의 생각을 다 아는 건 아니다. 자네 속에는 나 말고도 다른 자네가 꽤나 여럿 있더군. 나도 동의하기 어려운 자아들 말이야. 나도 모르는 나다. 그건 내 속의 나이지만 관리되지 않는 나다. 거의 남이다. 남남끼리 사는 거다. 잠시. 이런 얘기야 계속 할 테니까 노인 얘기로 돌아가자. 그건 시보다 흥미롭다. 당신이 노인이 되었다는 사실 말이다. 잔인하시군. 철학자의 성생활이 있듯이 시인의 성생활도 궁금하다. 나도 궁금하다. 독자들은 지금 우리의 대화를 사실로 받아들일 것이다. 사실 아닌가. 사실을 마사지 한 사실이지. 양념된 사실. 사실이라는 말 너무 의심스럽지 않은가. 사실은 사실이 발생하는 순간 딱 한번만 현현한다. 사실도 사실 자체를 모른다. 우리는 사실이라는 말에 과도한 힘을 싣는다. 철학자나 문예인은 사실을 의심해야 한다, 언제나. 사실, 지금 자네의 그말은 사실에 가깝다. 고맙군. 난 요즘 고맙다는 말이 있어 고맙다. 노인성의 증상이다. 해가 떠도 고맙고, 비가 와도 고맙고, 정치인이 헛소리를 해도 고맙고, 멍청한 시를 읽어도 고맙고, 망가진 채로 오랫동안 내 책상을 지키는 전등도 고맙고, 무소식도 고맙고, 문필인의 재미없는 칼럼도 고맙고, 구속을 외치는 함성도 고맙고 퇴진을 외치는 함성도 고맙다. 다 고맙다. 비오지 않는 날도 고맙고, 비오는 날은 더 고맙다. 장 자크 상페의 『계속 버텨!』가 생각나는군. 그게 뭔데. 모르시나. 앞에서도 얘기했듯이 우리는 서로 모르는 것도 있다. 『좀머 씨 이야기』의 삽화를 그린 삽화가다. 삽화가라. 그 직업 멋있겠다. 시인도 삽화가와 다르지 않다. 세상의 여백에다 몇 줄 언어로 드로잉 하는 존재들이다. 상페의 책 어디에 이런 게 있다. 꽤 큰 강당 앞자리에 나이 든 작가가 앉아 있고 객석에는 댓 명의 노인청중이 앉아 있다. 작가와의 대화 같은 행사인 듯. 노인이 작가에게 질문한다. '제 질문은 바로 이겁니다. 언제부터 당신은 자신이 작가라는 사실, 그러니까 대중의 기대에 부응하는 책이나 이야기를 지어내는 저자임을 깨달았나요?' 거의 텅 빈 강당의 여백이 더 크게 확대되는 순간이다. 그림의 하단에는 다목적실 화요일이라 찍혀 있다. 강당 입구에는 저자의 판매용 책이 쌓여 있고, 작가의 얼굴이 찍힌 포스터가 붙어 있다. 청중용 생수 같은 것도 여러 병 준비되어 있다. 말로 하려니 그렇군. 그 얘기를 왜 하는 거야. 내가 그 작가 꼴이라는 말이신가. 작가가 저렇게 영업에 나서야 하는가 싶어서. 다시 노인으로 돌아가자. 아직도, 아직도를 강조하면서, 자네는 작가라는 위상에 대한 환상이 많이 남아 있다. 버릴 때가 된 듯 한데. 집착인가, 집념인가.

환상은 인정하지만 많이 버렸다네. 그건 버린다는 농동태가 아니라 버려지는 수동태야. 버려진다는 말이 좋군. 작가는 쓰는 존재다. 단지 쓰는 인간이지. 단지라는 부사어를 잊지 마시게. 작가라는 자존심은 경멸일 가능성이 높아진 시대잖어. 작가가 자존심을 유지하는 거야 개인적인 문제지만 한 시대의 경멸을 넘어설 수 있는 작가는 극소수겠지. 거의 1%. 나머지는. 나머지는 헛물이겠군. 솔직하게 말해서 그렇지. 자영업이라고 보면 된다. 자영업자는 신고만 하면 되지만 작가는 그런 절차 없이 쓰는 업종이다. 등단 절차가 있잖아. 문학의 후진성을 기만적으로 담보하는 게 등단이라는 습관이다. 누구 허락을 맡고 작가라는 영업을 개시할 것인가.

날씨가 좋다.

시월 끝날이다. 꼭 자네 생일 같군. 농담인가. 진담이다. 며칠 전에는 불암산 중간쯤에서 오솔길로 접어들었다가 생소한 길을 만났다. 불암산에도 생소한 길이 남아 있을까. 완만한 리듬으로 굽어지는 긴 돌계단길이었는데 그걸 굽어보는 것만으로 보물을 만난 것 같았다네. 게다가 사람이 없는 길이었다. 바람에 나뭇잎 떨어지는 소리가 소란스러웠지만 어떤 음악보다 깊게 들렸다. 맞군. 맞다니. 자네가 노년에 접어들었다는 사실. 감축드리겠네. 자연을 감도 이상으로 흠뻑 받아들이는 건 노년의 한 가지 증상이라고 본다. 자연으로 회귀하기 위한 자연주의자 연습이다. 좋은 일인가. 좋은 일이다. 슬픈 일은 아니고. 슬프고 자시고 할 건 없다. 그냥 그렇게 될 뿐이 아니던가. 시를 쓰는 사람이 충분히 느낄 만한 일이다.

술집은 붐볐다.

당현천변에 붙어 있는 작은 머릿고기집.
초저녁이 살짝 지난 시간이고 술집은 거의 만석이었다.

강세환(가명)과 나는 구석자리를 차지하고 앉았다. 시끌벅적. 실내가 와자하다. 소주 한 병 정도의 취기기 실내를 달구었다. 나이 든 사람, 나이 좀 더 든 사람, 젊은 사람, 더 젊은 손님들이 1980년대 국산영화 재생 장면처럼 앉아서 대본에 없는 대화를 나눈다. 페이스북, 트위터, 인스타그램이 한꺼번에 작동하는 순간이다. 삶은 축제구나. 희로애락의 전시장이구나. 소설이 따로 있는 게 아니다. 소주와 머릿고기가 테이블에 올려졌다. 우리는 그동안의 한국문학을 개관하는 것으로 대화록을 채운다. 자신이 시인이라는 사실을 의심하지 않는 두 사람이 앉아서 아는 거 모르는 거 토론을 뒤섞는다. 잘못 기록된 문학사에 대한 과장된 회고와 근거 없는 전망을 교환한다. 김종삼에 대해서 김종삼의 형에 대해서. 김종삼이 인척이라도 된다는 듯이. 시대를 상실하고 원로(遠路)가 된 1980년대 시인들의 헛웃음 같은 퇴장에 대해서. 술 한 병이 더 오고 강은 경허에 대해서. 나는 족보 없는 파계승에 대해서. 강은 노회찬에 대해서. 김근태에 대해서. 그는 한때 풍문에 쓴 사로잡힌 김지하의 사도였다.

　술이 한 병 더 왔을 때 우리의 대화는 거의 소진되었다. 이거 헛짓거리 아니여? 내가 말했다. 이하는 둘이 교환한 대화다. 누구의 것인지 불분명하지만 구분은 무의미하다. 서로 취했으므로. 시짓는 일 말이다. 그러게요. 문단에 나가보면 누가 누군지 통 모르겠어요. 문단이 어디 있는데. 취했군요. 인정해야겠지. 문학판의 퇴물이 되었다는 걸. 퇴물이라. 김영태 식으로는 앤틱이지. 우리나라 문인들 환갑만 넘으면 관(棺) 고르러 다닌다는군. 탓할 일은 아니지요. 고뇌의 총량이 다했다는 뜻이겠지요. 고뇌 같은 소리. 저번에 웹진에 발표한 시 좋더군요. 근데 지금 나에게 청탁하는 편집자들은 뭐냐. 필진들을 고르게 쓰겠다는 뜻이야 좋은 거지요. 내가 골고루의 한 축을 메우는 사람인가. 그러면서 나는 노래를 부른다. 가을밤 외로운 밤 벌레 우는 밤 초가집 뒷산 길 어두워질 때. 노래가 이 대목을 지나가는 도중에 여자주인이 와서 노래는 제지되었다. 다른 손님들 생각도 하셔야지요. 술집에서 추방된 두 사람은 머릿고기집을 나와 맥주집으로 자리를 옮겼다. 중국발 우한 폐렴 소동이 끝나가는 시점의 맥주집은 마스크를 쓴 우리 둘뿐이었다. 여기 오백 둘요. 마른 안주도요. 마른 안주는 한치로 주세요. 바닷가 태생이라 그런가 강은 한치를 좋아한다. 여기서는 노래 한 곡쯤 해도 될 것 같은데 노래할 흥은 사라졌다. 강은 퇴직하고 나서 집에서 시만 쓴다. 이 대목을 나는 해석하지 않는다. 그나 나나 쓰는 일은 습관이자 핑계다. 각자 자신의 인생을 안마하는 방식일 것이다. 습관을 추동하는 힘도 습관이다. 내 식으로 보자면 쓰나 마나 한 얘기를 쓰는 것이다. 열심히 썼는데 오답이라는 판정을 받고 돌아서면서 씩 웃을 수 있는 여유만이 이 짓에 함몰하게 만든다. 쓰는 수밖에 다른 도리가 없어서 쓴다는 사치스러운 말을 나는 사양한다. 나는 뭐냐? 가만 있자. 생각이 필요하다. 어제까지의 생각은 몰각해야 한다. 늘 새로운 생각 앞에 서야 한다. 새롭다는 착각은 나를 기쁘게 한다. 나는 그냥 쓴다. 이 이상의 근거는 없다. 시는 남이 두드리는 장단에 추는 어깨춤이 아닐까. 쓸모없는 짓. 이것만이 시다. W. B 예이츠가 했다는 말은 내 생각의 예상표절 같다. What can be explained is not Poetry. 설명할 수 있는 것은 시가 아니다. 과장해서 말하자. 시에 대해서 말한 것 가운데는 단연 절정이다. 설명할 수 없는 것을 설명하려는 언어적 몸짓들. 기표에 이르지 못하고 부스러지는 기의의 운명. 13인의 아해가 술집 밖 골목길로 질주한다.

길은 막다른 골목이다.

강생, 시를 잘 쓴다는 말은 무슨 뜻이야?
그게 가능한 일일까?
강의 취한 눈이 잠자코 웃었다.

소설을 쓰겠다고 스스로에게 선언하고 나자 막연해졌다. 직업 소설가들이야 자기의 기획대로 쓰면 되겠다. 이런저런 것에 대해 쓰겠다는 소설가들의 발언은 많이 봐왔다. 나는 소설가가 아니기에 단언할 수 있는 작의 같은 게 따로 없다. 평소에 굴려온 소설거리가 있는 것은 더욱 아니다. 그러면서 나는 소설을 써야겠다고 작심했다. 이런 발심을 나는 기적이라 규정한다. 다른 말로는 망발(妄發)이다. 자기에서 덧나는 일이다. 모처럼 아름다운 일이다. 이 작업은 명백히 실패를 전제로 한다는 것을 누구보다 나는 잘 안다. 내 안에서 하나의 도도한 실패가 출발하는 것이다. 나의 참담한 실패도 필시 숭고하리라. 실패 없이 세상을 건너간다면 그것은 저주가 되겠지.

2021년에 내가 쓴 『페루에 가실래요?』도 나름으로는 소설이다. 그 소설을 공모전에 내어놓으면 예심에서 제외될 것이다. 소설 일반에 못 미친다는 관점에서 그렇게 될 것이다. 문학계가 합의하는 통념과 무관하다는 점에서 내가 썼던 산문소설은 무시받음이 당연하다. 나는 그 점에 대해 이의가 없다. 책상에는 존 버거의 장편 『G』와 『A가 X에게』가 있다. 아직은 있을 뿐이다. 주차장에서 출발을 기다리는 자동차 같은 책들이다. 다시 읽거나 읽지 않게 될 책 몇 권.

에드워드 사이드, 말년의 양식에 관하여

김영태, 초개일기

레몽 크노, 문체연습

이승훈, 무엇이 움직이는가

송승언, 직업전선

데이비드 실즈, 우리는 언젠가 죽는다

멜리스 베스리, 티에르탕의 베케트

금정연·정지돈, 문학의 기쁨

무라카미 하루키, 일인칭 단수

롤랑 바르트, 롤랑 바르트 마지막 강의

조루주 페렉, 공간의 종류들

박세현, 自給自足主義者

나는 글을 믿지 않는다.

믿는 척 할 뿐이다. 번번이 실패하지만.

각자가 다다른 막다른 골목길에 경배하시기를.

내 아버지는 2021년 5월 21일에 돌아가셨다. 93세.

혈관성 치매 진단으로 요양원에 3년 주석하시다가 적멸에 드셨다. 어머니보다 5년 더 세상에 남아계셨다. 내 아버지의 일생에 대해 더 얘기하고 싶지는 않다. 아버지를 생각할 때마다 떠오르는 것은 데이비드 실즈의 『우리는 언젠가 죽는다』라는 책이다. 소설가가 된 아들을 못마땅하게 여기는 활동적인 아버지를 둔 저자는 아버지와 사이가 원만하지 않다. 스포츠맨과 소설가의 멘탈이 균형을 찾는다는 것은 쉽지 않다. 세월에 따르는 노화를 받아들이지 못하는 아버지를 바라보는 노년기 초입에 들어선 저자의 심정은 복잡하다. 내가 이 논픽션을 꺼내서 얘기하는 것은 책도 책이지만 내 아버지를 떠올릴 때에도 수긍되는 일정한

환기력이 있다. 어쩌다 (정말이지 어쩌다!) 시를 쓴다고 나선 나와 행정공무원으로 생을 마감한 아버지 사이에는 서로를 공감할 수 있는 영역이 너무 적거나 없는 편이다. 나의 아버지는 손흥민의 아버지도 아니고, 모차르트나 베토벤의 아버지도 아니고, 카프카의 아버지도 아니다. 재벌가의 아버지도 아니다. 그냥 아버지다. 아버지는 그 시절 누구나 그랬듯이 오문투성이인 세상의 한복판을 몸으로 살았던 사람이다. 나는 지금 아버지를 회상하여 재구성하려는 건 아니지만 그렇게 되고 있다. 다른 건 생략하고, 지금도 기억에 박혀 있는 내 아버지의 말씀 몇을 적고 나의 해설을 덧붙일 생각이다. 물론 이건 소설이 아니다. 사실보다 더 사실에 가까운 기억의 조각들이다. 그렇기에 비현실적인 리얼리즘이다.

우리 집 남자들은 수(壽)를 못해

언제 이 말을 들었는지는 모름. 아버지가 다른 어른들과 나누는 대화 중에 내가 따옴표를 치면서 기억하는 말이다. 아버지의 아버지와 그 아버지의 아버지를 두고 하는 말인 듯싶다. 그래서인가, 아버지는 일찍 금연, 금주를 단행했다. 아버지는 80대 말년부터 거동이 불편해졌다. 지팡이에 의존해 겨우 걷는 수준이었는데 집에 누가 세배를 왔을 때 그를 붙잡고 아버지는 우는소리를 했다. 남들은 100살 산다는데 나는 왜 이런지 모르겠소야. 나는 아버지의 연명의지에 대해 화를 내고 있었을 것이다. 적당히 하시지. 그래도 아버지는 롱런 하셨다고 본다. 장 뤽 고다르보다 2년을 더 살았다. 아버지가 연연해하던 삶을 지금 내가 이어가고 있다.

개새끼

아버지는 육류를 좋아하셨고, 다소 미식가였다. 아버지는 내가 운전하는 차의 뒷좌석(통상 관료들이 상석이라고 믿는)에 앉으셨다. 그리고 강릉 지리에 어두운 나를 지시했다. 저기서 좌회전, 이런 식이다. 나는 내가 없는 동안 달라진 강릉의 샛길들에 어두웠지만 아버지는 길눈이 아주 밝았다. 그 나이에. 구순에도. 옆차선을 달리던 차가 깜빡이 없이 슬쩍 끼어들었다. 뒷좌석에 앉았던 당신은 그 순간 낮고 부드럽게 내뱉었다. 깜빡이도 안 켜고 들어오면 어떡하나, 개새끼. 그 말은 내게도 유전되었다.

김여사한테 말해봐라

어머니가 돌아가시자 갑자기 아버지를 돌보는 문제가 튀어나왔다. 하루는 아버지가 말씀했다. 요 밑에 김여사라고 있다. 그분한테 우리 집에 와서 같이 살 수 있는지 물어봐라. 아마 그분은 오케이 할 거다. 그분도 90에 가까운 노령이었고, 아버지와는 동네에서 오가며 눈인사 정도 나눈 분인 듯 했다. 약간의 미모가 있고, 어머니에 비해 고학력이었다는 게 나의 느낌이다. 김여사를 선택하고 싶었던 소망을 나는 이해할 듯 했다. 나의 세포는 아버지의 것이었기 때문이다. 그 일은 김여사의 거절로 무산되었고, 아버지는 이의없이 요양원을 선택했다.

아쉬웠어

요양원 전단계에서 아버지를 모시겠다는 70대 할머니가 등장했다. 그분이 아버지의 마지막까지 시봉해주면 좋겠다는 것이 우리 가족의 바람이었다. 어느 날 그분이 보따리를 챙겨서 떠났다. 자세한 경위는 모르겠다. 후문으로는 월급을 인상해주지 않는다는 것이다. 사실과 다르지만 하여튼 그렇다. 집사람을 통해 간간이 들었던 말 중에는 아버지가 그분을 여자로 대하려 했다는 정황들도 있다. 꺼내놓고 할 얘기는 못되지만 좀 잘해주시지 그런 생각이 들 때가 있다. 할머니의 파업은 집을 나가는 것이었다. 집으로 다시 돌아오는 할머니를 맞이하던 아버지의 멘트와 표정이 기억에 또렷하다. 아쉬웠어. 아쉽다는 국어가 그렇게 절실하게 들린

건 처음이다. 내 말 같은 그 말이 허공을 떠돈다.

먹는 게 남는 거다

아버지는 연금생활자다. 연금 수혜를 누리는 첫세대일 것이다. 덕분에 나 같은 비현실적인 사람이 경제적 부담에는 노출된 적이 없다. 감사한 일이다. 아직도 나는 아버지의 그늘 속에서 비겁하게 살고 있는 편이다. 아버지가 쓰던 침대와 특별히 만들어진 목침을 내가 베고 있으니 말이다. 그때마다 '나는 뭔가' 하는 뜻 없는 생각이 밀려온다. 중국 여행길이 생겨 당분간 요양원에 오지 못한다고 말씀드렸더니 여행경비를 주셨다. 그날은 하직 인사를 평소보다 더 공손하고 깊게 드렸다. 자네는 중국말을 못하잖아. 중국 대학원생이 동행하니 걱정 없습니다. 먹는 게 남는 거다. 잘 먹고 다녀라. 네. 다녀오겠습니다.

탈주극

아버지는 경기도 안산에 사는 막내 여동생을 아꼈다. 여동생에게 전화를 수시로 하지만 정작 아버지와의 대화는 되지 않는다. 아버지는 베토벤처럼 귀가 먹었다. 당신은 6.25 때 대포소리 때문이라고 우기신다. 참전용사로 장애등급도 받았다. 그게 아버지다. 하루는 강의 중에 집사람이 전화가 왔다. 아버지가 강릉버스터미널에서 버스를 타고 혼자 안산으로 향했다는 것이다. 문장만으로 보면 평이하지만 이 문장에는 아주 난감한 상황들이 녹아 있다. 난청이고 거동도 온전하지 못한 90세 노인이 혼자 버스를 탔다는 사실을 강의 도중에 알게 되는 일은 난감 그 자체였다. 그날, 여러 차원의 합동작전을 전개하여 아버지는 무사하게 여동생의 마중을 받았다. 요나스 요나손의 『창문 너머 도망친 100세 노인』의 한국판이다. 식민지와 6.25 난리와 사일구와 오일육을 겪은 노인의 탈주극은 내 아버지가 벌인 마지막 희비극이다. 그날 아버지는 무슨 생각을 했을까. 당신이 마주하고 있는 삶의 한순간을 용납하기 싫었을 것이다. 내가 그렇듯이.

빗소리에 잠깨어 어린 날 이불에 오줌싸던 기억이 올라와 느닷없이 고향생각에 잠기는 것도 프루스트 효과 비슷한 것이겠지. 각자의 잃어버린 시간들. 그 시간들은 다 어디 있을 것인가. 각자의 기억창고에 고스란히 수납되었겠다. 기억은 기다란 열차와 같다. 칸칸마다 다른 기억들이 쌓여 있고 그것들은 날마다 다르게 편곡된다. 원곡이 있고 날마다 다르게 불려오는 멜로디가 있다. 나는 내 기억의 원곡을 다시 불러올 수 없다. 불려오는 것은 원곡의 변주다. 빨강이 노랑이 되고, 노랑은 어느 날 파랑이 된다. 그것이 기억의 변주력이다. 나는 지금도 고향의 비포장 신작로를 걸어간다. 지방도로는 한가롭다. 오다가다 도라꾸(트럭의 일본식 발음)를 만나거나 법정속도 25킬로인 완행버스를 만난다. 그것뿐이다. 학교가 파한 또래들이 책보(가방이 아니라 책을 싼 보자기 뭉치)를 어깨에 엑스 자로 메고 재잘거린다. 여자들은 책보를 허리보호대처럼 허리에 두른다. 여자 전용이다. 남자아이들이 책보를 허리에 두르면 놀림감이 된다. 하교길에 학교 앞 송방에서 사탕을 산다. 고작 한 개 혹은 두 개다. 유리병에 들어 있던 사탕의 영롱함을 잊을 수 없다. 그것은 내게 세계의 혼란함을 안겨 주었다. 지금도 기억 속에서 반짝거린다. 사탕 주변에 서너 명이 둘러앉아 돌멩이로 영롱함을 깨어서 나누어 먹는다. 돌에 묻는 사탕가루를 손으로 찍어먹던 손가락을 나는 아직도 간직하고 있다. 세상에는 온갖 영롱한 사탕이 있다는 걸 그때는 알지 못했다. 이 나이에도 내 안에는 사탕맛에 침을 흘리는 그날의 아동이 들어앉아 있다. 철남박. 누가 내 이름을 부른다. 내게도 잃어버린 시간이 있다. 저속으로 지나가는 트럭 뒤에 맑은 먼지가 일어난다. 그 뒤를 트럭보다 더 빠르게 달려가는 내 친구들. 대식이. 영희. 승철이. 재만이. 석웅병을 들고 눈보라 속을 걸어가던 신작로. 토끼사냥. 두렁반에 둘러앉아 야학하던 처녀들. 양철지붕을 때리던 여름날의 빗소리. 학교 뒷산에 올라가 바라보던 바다. 근데 왜 글이 추억팔이로 가는 거지.

　정신 차리자.

소설을 쓰겠다면서 나는 소설의 문밖에서 서성대고 있다. 망설이는 거지. 내가 소설을 쓴다고? 좀 우습지 않겠어? 시인이면 시나 쓰지 무슨 소설까지 장르를 넓히시려고 그러나. 그런 말이 들려온다. 어디서? 내 속의 울림이다. 세상에는 나의 깜냥으로는 쓸 수 없는 소설이 너무 많다. 내가 쓸 수 있는 소설이 없다. 그쪽도 거의 다 파먹힌 광산 같다. 남은 광맥은 이제 손댈 수 없는 곳만 남았다. 아무도 채굴하지 않으려는 즉 경제성이 없는 광맥만 남아 있다.

내가 쓸 수 있는 소설을 써야 한다.

내가 쓸 수 있는 소설은 어떤 것이지? 그게 문제로군. 내가 쓸 수 있는 건 없다. 그게 문제다. 내 것이라고 하는 건 다 학습을 통해 오염된 것들이다. 그건 내 것이 아니다. 그것이 출발한 기원으로 돌려보내야 한다. 다시 말하지만 내 것은 없다. 그런 건 본래 없다. 그럼 어떡해. 전도가 불길하구만. 모르는 척 그냥 쓴다? 자는 사람은 깨울 수 있지만 자는 척 하는 사람은 깨울 수 없다는 트윗이 떠오른다. 쓰는 척 하면서 써 보는 거다. 어쩌면 쓴다는 동사 그것만이 중요하다. 내용도 베허라, 형식도 베허라, 가치도 베허라. 견적이 커지는군. 감당할 수 없는 것만 감당할 수 없는 방식으로 감당하자.

화려한 장비 없이 스마트폰 하나 들고 자기 집 내부를 찍는 단편영화감독처럼 쓰는 거다. 시 쓰는 사람의 시시한 일상을 기록하는 소설이면 어때. 혹시 내가 쓰는 소설을 아예 다큐로 찍자고 나서는 감독은 없을라나. 롱샷과 보이스 오버를 주로 쓰는 촬영이기를 바란다. 카메라워크 같은 것은 없다. 시나리오? 그런 건 없어야 한다. 인물만 움직이면 된다. 인물의 목소리는 주로 인물의 머리 위에서 등 뒤에서 들려온다.

감독: 이번 장면은 글을 쓰는 장면입니다.

컴퓨터를 켜고 문서파일을 불러오세요. 생각하는 척 하다가 자판을 두드리고 두드리다가 자판에서 손을 떼고 멈추세요. 이번엔 일어나서 방안을 몇 바퀴 도는 겁니다. 좋습니다. 그렇게 해주세요. 카메라는 없다고 생각하세요. 아니다 카메라를 많이 의식하면서 움직여주세요. 이건 다큐입니다. 일부러 연기할 필요는 없지만 아무리 다큐라고 해도 최소한의 픽션은 필요할 겁니다. 쌩으로 찍으면 그건 탐사프로나 현장 중계를 하는 뉴스프로그램과 다를 게 없을 겁니다. 지금처럼 해주시면 됩니다. 좋습니다. 컴퓨터 앞에 앉아서 자판을 마구 두드려주세요.

자, 갑니다.

글쓰기의 마지막은 인쇄다.

　내가 쓸 소설을 출판해줄 출판사는 있을 것인가. 그런 생각을 하면 걱정보다 흥미가 앞선다. 거의 모든 출판사는 하나같이 거절할 것이다. 부드럽게 나의 소설을 반려할 이유는 많다. 한두 가지가 아니다. 우선 편집자들과의 시대 차이가 고려될 것이다. 자신들의 편집감각에 나의 소설은 어울리지 않을 것이다. 편집자들은 자기 세대의 작가들을 선호한다. 나는 그 점에서 불합격이다. 소설을 봐야겠지만 이라는 단서를 앞세울 수는 있겠으나 나의 주종목이 시라는 점을 들어서 고개를 젓기 쉽다. 젊은 소설가들이 널려 있는데 나 같은 늙은이의 소설을 출판해서 무슨 소득이 있을 것인가. 내가 편집자라도 고려하지 않겠다. 늙어서도 글을 잘 쓰는 소설가는 누구인가? 몇 살부터 늙은이의 범주로 잡아야 하나. 해골이 복잡해지는군. 다음!

　『페루에 가실래요?』와 같은 나의 전작을 접한 편집자라면 이런저런 의견을 내어놓을 것이다. 선생님, 이건 소설이 아닙니다. 이건 뭐랄까 그냥 시인의 문학적 의견이 피력되는 산문입니다. 그 이상도 이하도 아닙니다. 솔직히 요즘 젊은 친구들은 산문도 이렇게 쓰지 않습니다. 자신의 문학적 견해를 서술한 산문에다 소설이라는 딱지를 붙이시면 어떡합니까. 어떻게 보아도 소설과는 상관이 없다는 말씀입니다. 그냥 시만 쓰시지 왜 소설까지 손대고 그러십니까. 소설은 만만한 게 아니라는 것쯤 선생님 같은 분이 더 잘 아실 겁니다. 더 잘 아시겠지만 시는 뭐 만만한 장릅니까. 그리고, 소설은 시를 쓰다가 자연스럽게 전업하는 그런 장르는 아닙니다. 시와 소설은 그 계보가 별개라고 봅니다. 시와 소설은 혈연관계가 아닙니다. 씨앗부터 다르다고 봅니다. 시인과 소설가는 뇌세포부터 다르다는 겁니다. 시도 쓰고 소설도 쓰는 작가들을 예로 들 수도 있겠습니다만 그거야말로 희귀한 예외에 속합니다. 그것은 극소수입니다. 시를 쓰다가 소설로 전향한 작가들이 있지만 그것은 습작과정 수준에서 일어나는 일일 겁니다. 저는 선생님의 전작에 대한 리뷰를 본 적이 없습니다. 독자반응이 전혀 없다는 뜻입니다. 페이스북으로 치자면 좋아요가 한 개도 눌려지지 않았다는 뜻과 같습니다. 선생님, 소설 만만한 게 아닙니다. 시 쓰다 남는 펜으로 쓸 수 있는 글이 아니라는 말씀입니다. 아시겠어요? (모르겠습니다!)

편집자의 말은 반박할 게 없다.

그가 그렇다면 그런 것이다. 내 소설이 반박당하는 상상으로는 충분하다. 나의 전작 산문소설 『페루에 가실래요?』에 대한 혹평에 대해서도 반론할 게 없다. 그렇더라도, 그런 줄 알면서, 그러나저러나 나는 내가 쓰는 글이 소설이라는 듯이 쓸 것이다. 어떤 소설을 쓰게 될지 모르지만 아

마도 나는 시 쓰는 자의 부스러기 같은 궁상을 긁어모을
것이다. 경장편이라는 딱지를 붙일 것이다.

출판사에서 교정의 마지막 단계인 가제본을 보냈다. 완성본과 다르지 않다. 표지색상이 다른 두 권이다. 팥죽색과 초록색을 빨랫줄에 널어 며칠 탈색시킨 듯한 색상이다. 색감이 부드럽다. 둘 중에서 선택해야 한다. 내가 어느 쪽을 선택할 것 같으냐고 출판사 주인에게 물었더니 그쪽에서는 선생님은 녹색을 선택할 것 같다고 말했다. 나는 마음으로 팥죽색을 고른 뒤였다. 내가 좋은 쪽을 선택하자. 그리고 다시 내가 고른 표지를 살펴보았다.

한 스무 권은 팔려야 할 텐데. 천지신명께.

낯선 시인 루이스 글릭의 시전집 출간 소식이 들려온다. 2020년에 노벨문학상을 탄 미국시인이다. 올해 79세. 오르한 파묵은 1952년생으로 54에, 가즈오 이시구로는 1954년생으로 63세에, 올가 토카르추크는 1962년생으로 56세에 스웨덴 한림원으로부터 노벨상금을 전달받았다. 밀란 쿤데라는 1929년생이고 무라카미 하루키는 1949년생이다. 이들은 스웨덴의 콜을 받지 못하고 있는 중이다. 내 책상에는 올가 토카르추크가 팬데믹 기간에 집필한 산문집 『다정한 서술자』가 있다. 읽게 될지는 미정이다. 책상 위에 있다는 사실만으로도 충분하다.

물량만으로 보자면 우리 쪽에도 수상 후보는 여럿 꼽힌다. 무언가를 이어서 쓸려고 하는데 자꾸 오타가 난다. 언젠가 누군가는 우리 쪽도 노벨상을 타겠지. 나는 아니겠지만 미리 축하해두겠다. 나는 누구처럼 일정한 시간에 일어나 커피를 마시고 자판을 두드리는 근면성은 없지만 불규칙한 루틴으로 자판을 두드리는 사람이다. '자아도 대상도 언어도 사라지고 남은 건 쓰는 행위뿐이다. 영도의 시 쓰기는 그저 쓰는 것. 배고프면 밥 먹고 잠이 오면 잔다. 무슨 이유가 있는가?'(이승훈) 칠십에도 글 쓰는 사람 있는가요? 저 구석에도 한 사람 있군요. 근데 저 분이 아직 살아 있단 말이야! 언젯적 시인인데. 80년대 시인 아니냐. 대박이다. 박제가 되어 버린 80년대 시인들을 아시오? 모르오. 그건 80년대에 물어야 할 사안이오. 그렇소, 1980년대 문학의 영결식이 선언된 지도 까마득하군요. 역사의 빗자루는 모든 걸 쓸어가버렸다오. 문학은 그저 그런 것이 되었고 소설의 표지를 감싸고 있는 띠지만 돌아다니지요. 띠지에게 저주가 있기를!

누가 근황을 물으면 대답한다.

소설을 쓰고 있습니다. 거짓말이다.

그러면 답은 간단하다. 이렇게 뒤가 없는 대답도 귀하다. 시를 쓴다고 대답할 때는 뒤에 뭔가 뒤숭숭한 감정이 남는다. 시를 쓸 때는 놀지요 뭐, 이런 식으로 뭉개면 된다. 시는 잔뇨감이 남는다. 언제나 그렇다. 시가 쓰여지면 다시 허물고 다시 쓴다. 시 쓰기의 필연이다. 혼란스럽지 않으려고 나는 소설을 쓴다고 거짓말을 꾸며댄다. 나를 위장하는 방식이다. 아무렇지 않으려고, 슬프게, 되도록 화려하게. 구충제를 삼키듯이 매일 시를 쓰는 낡은 남자도 그렇다.

내일이면 버려질 책을 열심히 쓴다.

밑줄은 열심히에 그어진다. 열심은 남의 흉내가 대부분이다. 남의 욕망을 나의 것으로 오해하면서 베낀다. 누군가 내 앞에서 달린다. 나도 달린다. 나는 달린다. 누군가 내 앞에서 걷는다. 나도 걷는다. 나는 걷는다. 누군가를 표절하다가 표절할 것이 사라진 지점에서 나는 궁극적으로 외로워질 것이다. 메모장에 휘갈겨놓은 문장들이다. 왜 이런 생각이 지나갔는지는 모르겠다. 다시 한번 생각해보기로 한다. 나는 열심을 강조하는데 그것은 곧 열정을 가리킨다. 자기 안에 타오르는 불꽃이 있어야 한다는 것. 내면에서 바깥으로 터져나오는 열정의 불꽃이 시가 된다. 그것이야말로 시다. 열정은 순수한 심리다. 타자가 개입할 수 없는 영역이다. 불치의 영역이다. 치유의 바깥이다. 시 쓰는 사람들은 나름 엄살에 능한 환자들이다. 평생 엄살 속에 살고 있는 나! 나는 환부를 모르는 환자다.

내가 쓰는 시는 내일이면 버려질 것이다. 그러기를 바라 마지 않는다. 잊혀질 시를 왜 쓰는가에 대한 회의가 있다. 나의 대답은 간단하다. 나는 내가 쓸 수 있는 것을 쓴다. 그것이 나의 열심이다. 시에서 타자의 흔적을 끊임없이 지워나가는 작업이 나의 열심이다. 그것의 성취에 대해서는 확답할 수 없다. 실패해도 어쩌는 도리가 없다. 불가능한 글쓰기의 도정에서 불가능성을 한 줄 문장으로 체험하는 일도 허무하지 만은 않다. 글쓰기의 마지막에는 아무것도 없을 것이다. 없어야 한다.

무조건!

니는 시민도서관 2층으로 갔다.

　작가와의 대화라는 명목으로 도서관장의 부름을 받았다. 2층은 동아리방이라는 이름이 붙어 있고 대략 30여 명이 앉을 수 있는 규모였다. 행사는 아주 핸디하게 진행하겠다는 공무원인 관장의 귀띔이 있었다. 두어 달 전에 나온 시집 『아주 사적인 시』를 중심으로 이야기를 진행하겠다는 것이다. 프롤로그에 해당하는 작가의 미니강연이 있고, 이어서 시낭독, 질의응답으로 진행된다는 대본을 전달받았다. 행사는 저녁 일곱 시에 시작되었는데 한 서른 명, 아니 한 스무 명, 아니 한 열다섯 명 정도 참석했다. 대부분 여성들이었고, 대부분 50대를 넘긴 연령대였다. 작가와의 대화 시간에 오고갔던 대화와 미니 강연 등을 구분 없이 뒤섞어서 기록한다.

　작가와의 대화에 관심을 가져주시고 이렇게 참석해주신 분들께 먼저 감사의 말씀을 올립니다. 독자들을 구체적으로 만나는 기회가 저에겐 자주 있는 일이 아닙니다. 독자의 존재를 실물로 직면하는 일은 설레면서 두렵습니다. 제 살림을 검사받는 것 같아 더 그렇습니다. 쓴 사람과 읽는 사람 사이에 설치된 가림막을 걷어내는 시간이이지요. 다소간 끔찍하기도 할 겁니다. 저는 시에서 충분히 말했기 때문에 입을 다무는 것이 예의일 것입니다. 여러분들의 질문이나 의견을 충분히 듣도록 하겠습니다. 두 분의 여성이 일어나 내 시를 낭독했다. 내가 쓴 시가 남의 품에 어색하게 안겨 있는 모습이다. 독자가 가지고 있는 이해의 시스템에 맞지 않는다는 뜻이다. 서로 모르는 채로, 서로 무심한 채로 나와 독자 사이에서 시는 겉돌고 있다. 누가 질문했다. 시집 제목에 대해 설명해주세요. 나는 웃는다. 그리고 천천히 대답하기 시작한다. 그건 심각하게 붙인 제목은 아닙니다. 뭐랄까, 원래는 꿈을 제목으로 붙이려 했는데 인공적 손맛이 없어서 꿈은 버렸습니다. 그러나 제 시집의 바닥에는 항상 꿈이 흘러갑니다. 아주 사적인 시라는 말은 시에 대한 동어반복이지요. 시라는 양식 자체가 사적이니까요. 시는 사적이지요. 너무나 사적입니다. 아니 한없이 사적인 출렁거림의 문자형식입니다. 그때 누가 손을 들었다. 선생님은 그러면 자기 얘기만 쓰겠다는 뜻인가요? 제 얘기밖에 쓸 수가 없습니다. 지금 내 앞에 닥친 순간에 대해 필기하는 겁니다. 요즘 시들은 읽어봐도 뭐가 뭔지 모르겠습니다. 이 점에 대해 한 말씀. 저도 그렇습니다. 소통이 안되는 시가 쓰여지고 있다는 뜻인데 저는 이 대목을 긍정적으로 봅니다. 오히려 소통이 잘 되는 시를 의심해야 합니다. 시인의 내면에서 형체 없이 흘러다니는 사유가 문자에 박힌다고 무엇이 달라지겠습니까. 모호한 것을 모호한 형태로 필기했다는 점을 인정해야 합니다. 시는 귀신 씨나락 까먹는 소리가 맞습니다. 잘 이해되고, 밑줄 긋고 싶고,

67

어디다 퍼나르고 싶은 시는 그저 시적인 통념에 대한 반복이지요. 이상을 읽던 안목으로 요즘 시를 읽을 수는 없는 노릇입니다. 시가 어렵다, 읽어도 나를 건드리는 게 없다고 생각되면 간단합니다. 읽지 마십시오. 시읽기를 교양으로 강조하는 것도 인문학의 관성입니다. 시를 읽지 않는다고 무지해지는 것도 아니고 시를 읽는다고 행복한 인간이 되는 것도 아니지요. 고민할 일이 아니라고 봅니다. 시집이 너무 두꺼워서 읽기에 부담스럽고 보지하기도 난감하다는 불평도 제기되었다. 시집은 얇아야 한다는 관습에 대한 항의라고 생각해주세요. 시는 주로 언제 쓰시나요? 시적 영감은 어디서 얻는지요? 규칙적으로 쓰지는 않습니다. 이 대목이 소설가와는 다르겠지요. 소설은 비지네스니까요. 그때그때 생각이 떠오르는 대로 쓰지요. 시적 영감이라고 해야 하는지는 모르겠으나 제 경우는 말에 민감한 편입니다. 어떤 낱말이 저에게 윙크를 하지요. 언어적 스파크가 없으면 저는 쓰지 않습니다. 말과 내 안의 정서가 맞닿는 접촉면이 시를 부르는 계기가 됩니다.

이때 관장님이 커피타임을 갖자고 제안했다. 화장실을 다녀오고 다시 시작하려고 했을 때 좌석이 많이 비어 있었다. 기다려도 자리는 채워지지 않았다. 다섯 명이 남았다. 도서관장도 조금 당황하고 있었지만 그냥 계속 하기로 했다. 나는 아까보다 목소리를 한 톤 낮추고 시인의 의상을 벗고 동네 아저씨 같은 포즈를 취하기로 했다. 아까는 다소 공적인 시간이었다면 지금은 사적인 시간이 된 것 같습니다. 세 명은 웃었다. 두 명은 덤덤했다. 작가와의 대화는 거의 종료가 된 것 같습니다. 이제는 아무거나 물어보셔도 좋고 시에 대한 자기 발언을 해도 좋습니다. 시를 많이 쓰셨는데 시를 쓰시면서 좋은 점은 어떤 것인지요? 누구나 그렇듯이(안 그런 사람은 제외하고) 청년시절에는 시를 쓰는 내가 대견했습니다. 우쭐했지요. 상당한 일을 한다고 오판하곤 했지요. 친구들도 문학을 한다고 하면 좀 알아줬거든요. 돌아보면 그때가 진짜 시인이었던 것 같아요. 지금은 도리어 시인인 척 하려고 애쓰고 있을 뿐입니다. 시에 대한 착시현상은 시간이 지나면서 삼베바지 방귀 새듯이 다 사라졌습니다. 남은 건 나와 나의 시만 남더군요. 시는 누구의 상찬이 아니라 자기와의 대면이더군요. 자기를 만나러 가는 과정일 겁니다. 문제는 이런 거겠지요. 자기는 누구인가. 자기는 어디 있는가. 이런 미궁 속을 헤매는 과정이 시를 쓰는 과정이라고 생각합니다. 실패를 전제로 하는 작업이라는 점에서 시를 쓴다는 것은 짜릿한 모험이자 무망한 도전입니다. 허무맹랑한 일이기도 할 겁니다. 어느 순간 시적 재능이나 성취는 무의미해집니다. 쓴다는 장면만 오롯해지겠지요. 시를 잘 쓴다는 말은 우스개가 되지요. 혼자 있을 땐 시가 무엇인지 또렷하지만 누가 물으면 막연해지지요. 그런데도 계속 쓰실 건가요? (한참 생각하다가 짧게 끊어서 대답한다) 네. 그리고 이어서 주석을 단다. 내가 시에 재능이 있다고 나를 속이는 과정입니다. 시 쓰기는 인정욕구를 초과해서 자위의 한 형식입니다. 나를 위로하면서 나를 수위하는 방법입니다. 방편이지요. 아직도 저는 누군가의 시를, 생각을, 형식을 슬슬 베끼고 있다는 의심을 버릴 수 없습니다. 젠체하는 말로는 타자적 글쓰기이지요. 내 시 속에 타자의 관념이 돌아다닌다는 겁니다. 남의 옷을 빌려 입고 파티에 참석하고 있는 꼴이지요. 말씀이 너무 어렵습니다. 내 시에 내 것이라고 할 게 없다는 말입니다. 저는 관장님과 여고 동창이라 여기 참석하게 되었는데요 잘 왔다는 생각도 들지만 말씀을 들으니 시가 더 막연해지고 더 어려워졌습니다. 제 시집 읽어본 게 있으신지요? 없습니다. 존함도 처음 접했고, 오기 전에 검색해서 시 몇 편 본 게 전부입니다. 죄송해요. 죄송하다니요. 제가 더 죄송합니다. 이런 식으로 그날의 행사는 끝이 났다. 도서관장은 사람들이 적어서 죄송하다고 몇 번이나 말했다. 나는 괜찮다고 더 큰 목소리로 말해주었다. 정말 괜찮았다. 어디 가서 뜨거운 커피를 마시고 싶은 날이었다.

이디로 가지?

나의 길은 시를 쓰는 일이다.

　이렇게 말하면 나는 문학원리주의자이거나 문학에 매몰된 사람으로 보인다. 정신적으로도 다소 치유가 필요한 사람처럼 말이다. 그럴지도 모른다. 시를 쓰고 있을 때의 나는 내가 아니다. 일상적인 수준의 나는 아닌 것이다. 나만 그런 것은 아니다. 시라는 공간 속을 유영하자면 맨정신으로는 가능하지 않다. 어떤 시인들은 그 속에서 빠져나오지 못하고 익사한다. 소설공간은 그렇지 않아 보인다. 소설은 픽션의 공간이기 때문이고, 소설가는 그것을 잘 분간하기 때문이다. 이건 허구야 허구. 속지 말아야지. 독자들만 속이면 되는 거야. 소설가는 스스로에게 이런 주문을 걸어야 한다. 제임스 조이스 같은 예외가 없지는 않지만 대개는 멀쩡하다. 자기 소설을 논리적으로 설명도 잘 하는 편이다. 시인은, 시의 세계는 논리로 이해되지 않는다. 설명이나 분석을 주업으로 삼는 사람을 평론가라 부르지만 그것은 그들의 주이상스다. 이 시는 이런 뜻이야. 시는 이해되거나 설명되지 않는 문자덩어리다. 거기에 들어가면 발을 빼지 못한다. 시라는 수렁. 시인들이 자기 시가 명작이 아님을 잘 알면서도 그 늪에서 벗어나지 못하는 까닭이다. 문학론의 문제가 아니라 자아 홀릭의 문제다.

71

조지 오웰이 말한 글을 쓰는 동기 가운데 하나인 미학적 열정도 이와 관련된다. 불가능하지만 어떤 문자적 표현에 이르고자 하는 욕망은 누구에게나 있다. 삶은 그것이 어떤 경우이든 언어의 세례를 받아야 제자리를 찾는다. 그나마 어떤 말로 대체되는 상황은 다행이다. 문제는 사건과 언어가 일치하지 못하는 것이야말로 미학적 열정의 막다른 골목이다. 미학이 아니라 정신분석의 상황이 전개된다. 나도 모르는 마음 저 밑바닥을 문장으로 밀고 가는 것. 내 시에 기표되는 나는 내가 아니다. 나의 흉내다. 나의 짓눌린 열망을 대신하기 위해 고용된 가상 인물인 것이다. 그는 시속에서 마치 나라는 듯이 생각하고, 말하고, 표현한다. 거듭 말하면서 강조하지만 나는 내가 아니다. 시적 허용이자 시적인 시늉이다. 나는 이것을 시라고 쓰고 있다. 그렇게 믿고 간다. 없는 길을 있다는 듯이 갈 뿐이다. 시가 있다는 듯이, 그것도 너무 구체적으로 내 앞에 현현하고 있다는 듯이 갈 뿐이다. 이것이 내 시 쓰기의 동력이자 세계다. 그렇게 믿는다. 이것이 나의 미학적 열망이다. 오웰이 말한 글쓰기의 동기 나머지 세 가지 즉 무엇을 증거하기 위한 역사적 충동이나 정치적 목적, 우쭐거리는 이기심 같은 건 없다. 있더라도 무시된다. 모든 글쓰기는 조금씩 우쭐거리고 싶고 사회현실에 대해 발언하고 싶은 정치적 의식이 없지 않다. 비정치적인 문학도 정치적일 수밖에 없기 때문이다.

나는 소설을 쓰기 시작했다.

드디어 방향 없이 길을 나섰다.

그냥 쓰고 있다.

침식을 잊고 쓴다. 소설 속의 인물은 시인이다. 시인이니까 시를 쓴다. 소설 속의 시인이 쓰는 시는 주로 뻔한 시다. 그는 뻔한 시를 좋아한다. 그의 시적인 지향이 그런 쪽에 있다. 뻔한 시는 알 듯 말 듯 한 시다. 국어로 쓰여졌지만 해독이 가능하지 않은 시다. 주술관계도 맞지 않고, 말의 순서도 제멋대로이다. 의미를 규정하지 못하도록 쓰여지고 있다. 시를 쓰는 시인 자신도 감당하지 못하는 말과 구문으로 가득 차 있다. 문장을 비틀거나 메타포의 수준이 아니다. 시라고 할 수 없는 시다. 여기에 비하면 이상의 시편들은 서정시다. 나는 오스카 피터슨이 피아노 건반을 두드리듯이 자판을 두드린다. 시인의 시행을 따라잡기 위해서다. 여기까지 쓰고 자판에서 손을 뗀다.

꿈이었다.
날이 밝아왔다.
커피를 마셔야겠다.

공연희 시인과 광화문에서 만났다.

　그는 내 시집 『갈 데까지 가보는 것』의 유일한 지명독자
다. 광화문은 주말집회로 거리가 만원이다. 대형 스피커가
방출하는 고함과 비명으로 대화는 글렀다. 이순신 장군
동상을 바라보면서 우리는 일민미술관 쪽에서 건너편 집
회를 관망했다. 태극기 물결이었다. 구속이라는 표어와 팻
말이 물결을 이룬다. 공연희 시인과 나는 즉설주왈 아무
얘기나 주고받았다. 참, 사람 많네요. 그렇군요. 누구를 구
속하자는 거예요? 우리는 아닐 겁니다. 구속하면 해결되
는 건가요? 구속해봐야 알겠지요. 구속이 쉬울까요? 세상
에 쉬운 게 없잖아요. 그때 단상에 나이 지긋한 인사가 올
라와 만세 삼창을 선도했다. 우리는 태극기를 벗어나 태평
로를 따라 전기촛불 쪽으로 걸음을 옮겼다. 거기서는 퇴
진 깃발이 둥둥 떠다녔다. 인파가 장난 아니네요. 파도니
까요. 무대에서 남자가 애국가를 불렀다. 대한사람 대한으
로 길이 보전하세. 대단하네요. 그렇군요. 군중의 분노가
바닥에 흥건하군요. 대한문 앞으로 노인이 구속 깃발을 들
고 퇴진 쪽으로 걸어가는 모습을 보면서 우리는 덕수궁 돌
담길로 접어들었다. 문학이 힘이 없음을 실감하겠네요. 그
러니 문학이지요. 문학에 힘이 있다면 문학이 아니겠지요.
저 사람 봐요. 공연희 시인이 가리키는 곳에 한 남자가 피

켓을 들고 서 있다. 피켓에는 시를 읽읍시다, 라고 쓰여져 있다. 미쳤군. 다들 미쳤어. 이건 내 말이다. 저녁 드시러 가실까요? 그럽시다. 저녁은 내가 사겠소. 제가 사드릴게요, 어르신인데. 파스타 잘 하는 데 아는데 어떠세요. 어디 장칼국수 없을까요? 선생님은 여전히 촌스럽군요. 그렇습니다. 강원도에서 태어나 광화문에 던져진 어리둥절한 촌놈이 맞습니다. 머릿고기 푸짐하게 썰어놓고 소주 마실까요, 선생님. (머릿고기 안주는 앞에 나왔는데 또 나온다.)

두 사람 앞에는 푸짐한 머릿고기가 안주로 나왔다. 술은 소주. 공연희 시인은 맥주를 한 병 시켜서 소맥 두 잔을 만들었다. 광화문과 태평로를 기억하는 의미를 새기면서 건배했다. 요즘은 어떤 시 쓰세요? 늘 같은 시를 씁니다. 새로 쓰기는 싫어요. 뭐가 새로운지도 모르겠고요. 같은 풍의 시를 계속 쓰면 질리지 않으세요? 남의 눈치도 있잖아요. 질리기도 하고 눈치도 보이지요. 그러나 어쩌겠어요. 눈치를 보면서도 쓰던 대로 쓰는 겁니다. 목소리나 음계는 같지만 그래도 매번 다른 시가 됩니다. 이시인은 누구의 시를 읽으시는가요? 저요? 저는 최승자요. 고전시인 말고는요? 글쎄요, 달리 콕 집을만한 시인이 안 떠오릅니다. 요즘 시는 안 읽으시나 봐요. 시보다 급한 일들이 많더라구요. 시가 뒷전이군요. 제 안에서 시를 갈구하는 힘이 거의 소멸했어요. 시는 갈 곳이 없잖아요. 선생님 생각도 좀 그런쪽이 아니시던가요?

저는 소설을 쓰고 있습니다, 소설.

시에서 장르를 넓힌다는 뜻인가요? 그런 건 아닙니다. 그냥 쓰는 겁니다. 어떤 소설인가요? 딱히 뭐라고 말씀을 드릴 수 없습니다. 나도 잘 모르니까요. 게다가 내가 생각하는 것이 소설이 될 수 있을지 어떨지도 막연합니다. 쓰다가 말지도 모릅니다. 시 쓰는 사람의 시 쓰는 이야기라고나 할까요. 시 쓰는 이야기도 소설이 될 수 있을까요? 그러게요. 소설이 안 되는 쪽으로 써보는 거지요. 재미있겠는데요, 아니 재미는 없을 거 같아요. 자고로 문학인이 소설이나 영화에 나오면 재미없더라구요. 왜 갑자기 소설을 쓴다고 그러세요? 하긴 『페루에 가실래요?』가 있네요. 산문소설. 제가 읽어본 바로는 그 소설은 소설 습작생도 쓰지 않을 소설로 읽혔어요. 이선생 입으로 소설이라고 하고 있군요. 다른 말이 없어 잠정적으로 그렇게 말하는 겁니다. 정영문의 『프롤로그 에필로그』에 소설에 대한 문장이 나오는데 재미있습니다. 읽어드릴까요? 들어보세요.

소설의 좋은 점이 한 가지 있다면 그것은 무슨 얘기를 어떻게 해도 된다는 것이었는데, 태생 자체가 그다지 고상하지 않은 소설에서는 다른 어디에서도 할 수 없는 부끄러운 실패의 경험과 누구에게도 하기 어려운 말과 누구에게서도 듣고 싶지 않은 말과 과도한 생각과, 근거 없거나 비논리적인 가설과 추론과 주장과 결론과 결론의 번복을, 그것들을 뒷받침하거나 하지 않는 또 다른 근거 없거나 비논리적인 가설과 추론과 주장과 결론과 결론의 번복을, 그리고 말이 되기 어려운 말과 말이 되다가 마는 말과 말이 안 되는 말과 말이 되었다가 안 되기도 하는 말과 언제까지나 말이 안 될 말과, 모순과 자가당착과 과장과, 언어의 남용과 오용과 허비를, 누가 그것에 대해 말을 하더라도 귀를 기울이지 않을 수도 있는 말들을 아무렇지 않게 아무렇게나 할 수 있었는데, 나는 그것 말고는 소설의 좋은 점을 찾기 어려웠다.

어때요, 선생님. 좋군요, 좋아요. 소설이 그래야겠지요. 선생님이 쓰신다는 소설도 이런 계열인가요? 계열이요? 나는 계열조차 없을 겁니다. 소설이라는 공식 명칭을 얻어야 할 이유나 근거가 없는 단지 글조각일 겁니다. 왜 소설이라고 부르시나요? 편의상의 호명입니다. 소설과 별로 관계없는 소설이지요. 언제쯤 보여주실 수 있을까요? 아직 착수하지 못했으니 기약은 하기 어렵군요. 구상 단곈가 보군요. 구상요? 내가 쓰려는 소설은 구상이나 서사 같은 용어들과는 인연이 없을 겁니다. 뒤죽박죽이 될 겁니다. 뒤죽박죽을 정리해주는 게 문학 아니던가요? 대체로 그렇지요. 문학인들이 뒤죽박죽인 현실을 정리할 역량이 있는 존재들이던가요? 저는 그렇지는 않다고 봅니다. 나의 시나 내가 쓰려는 소설은 뒤죽박죽 그 자체이기를 원하지요. 뒤죽박죽을 뒤죽박죽으로 말이지요. 소설론이나 문학아카데미에서 레슨하는 내용과는 상관이 없을 겁니다. 독자는 없겠네요. 그렇겠지요. 되도록 안 읽히려고 애쓰시는 거 같아요, 선생님은요. 그런 것은 아니고 아닌 것도 아닙니다. 다만 안 읽히려고 애쓴다는 것은 아닙니다. 그렇게 되었을 뿐입니다. 읽히는 행운은 읽히는 불편이기도 할 겁니다. 그러면 선생님은 왜 구태여 소설을 쓰시려고 하시는가요? 시를 쓰는 사람이 소설이라는 장르 속에서 어떻게 존재할 수 있는가 뭐 그런 상상을 해보게 되었답니다. 소설이라는 형식 속에 시 쓰는 사람의 생각을 구겨넣어보는 겁니다. 실험인가요? 아니오. 하나의 기록일 겁니다, 다큐멘터리. 사실에 충실한다는 뜻인가요? 거칠게 말하자면 픽션도 다큐이고, 환상도 다큐라고 봅니다. 뒤집어 말하면 다큐도 환상이고, 다큐도 픽션일 겁니다. 나는 그렇게 생각하지요. 선생님에게는 현실과 픽션의 구분이나 경계가 없으시군요. 그렇습니다, 이선생님. 머릿고기를 가운데 두고 앉아서 대화하고 있는 우리의 상황은 현실인가요 픽션인가요? 현실입니다. 그렇소만, 우리가 이 자리를 떠나는 순간 이 순간은 과거라는 픽션으로 편입됩니다. 우리의 손이 닿지 않는 시간이잖아요. 그 순간부터 우리가 만났던 시간은 편집되고 왜곡될 겁니다. 그것은 이미 사실이나 현실은 아닐 겁니다. 안 그렇나요? 한동안 우리는 말을 줄이고 술잔을 비웠다. 퇴진이나 구속을 재촉하는 외침이 술집까지 따라온 듯 하다. 공연희 시인이 말했다. 요즘은 강원도 가지 않으세요? 갑니다. 언제 가세요? 적당한 때에 갑니다. 좋으시겠어요. 고향에 가시고. 고향이라는 말이 낯설게 들립니다.

고향은 내게도 타자입니다.

소주와 맥주가 각 한 병씩 더 추가되었다. 선생님과 오늘 역사적인 순간을 지나왔네요, 공연희 시인이 말했다. 역사는 내가 언제나 깨어나려고 발버둥치는 악몽이지요. 내가 말했다. 악몽. 공연희 시인이 되씹었다. 제임스 조이스가 『율리시즈』에서 떠든 말입니다. 읽으셨군요. 페북에서 주웠답니다. 선생님도 그렇게 생각하세요? 저라면 악몽의 업버전인 개꿈이라고 할 겁니다. 우리가 개꿈을 꾸고 있는 거군요. 악몽이 낫겠군요. 공연희 시인이 한국사람들 대단하다고 몇 마디 더 논평을 추가했다. 우리는 오늘 세종로와 태평로 일대의 집회에 대해 대화했다. 정치를 주제로 한 티키타카다. (한 단락 정도의 대화는 지운다. 오프더레코드를 전제로 했기 때문이다. 방심하면서 컬러풀하게 주고받은 한국사회 비판은 정치로 오염된 민중들을 자극할 수 있다.) 공연희 시인의 정치의식은 나와 조금 다르지만 내 의견에 대해 반발하지 않았다. 그녀가 체제에 한 발 딛고 있는 편이라면 나는 비체제적인 입장이다. 일기를 썼다면 그날 일기는 이런 문장으로 정리되었을 것이다. 남자들은 하루에 0.1회, 여자는 3회 웃는다는 통계가 있다. 아이들은 300회. 나는 (절대) 통계와 여론조사 따위를 믿지 않는 편이다. 나는 잘 웃는 편이다. 여전히 민주화 과정에 있는 2022년 남한사회를 보면 절로 웃음이 나온다. 남한의 정치인들은 모두 희극인들이다. 거기에 매달리는 중민(衆民)들을 볼 때마다 나는 속절없이 기만당하는 민주주의를 본다. 그래서 웃는다. 이웃과 나눌 수 없다는 사실이 내 웃음의 비극성이다.

소설의 첫 줄은 나는 지금 시를 쓰고 있다, 로 시작할 참이다. 그런데 이 문장을 쓰면 왠지 소설이 끝났다는 생각이 들 것 같다. 시를 쓰고 있다는 행위와 나라는 주체부터 허구적이다. 인생은 배워서 사는 게 아니라 닥치는 대로 산다. 이것이 삶의 답이다. 실패하고 수정하면서 살아간다. 삶에 성공은 없다. 모든 성공이 실패다. 그 역도 맞다. 인생에 미리 주어져 있지 않은 없는 답을 탐문하자는 작업이 문학이다. 삶에 정답지가 없듯이 시에도 평균적인 메뉴어리는 없다. 없는 답을 마주하고 있는 인물 '나'가 허구적 인물이 아니라면 누가 소설의 인물로 캐스팅될 수 있겠는가. 내가 쓸 소설에 등장할 나는 지금 이 자판을 두드리고 있는 나이면서 또 다른 가주어 상태를 가리킨다. 일인칭이면서 삼인칭이고 이인칭도 되는 다인칭의 주체. 여성인지 남성인지 헷갈릴 때도 있을지 모르겠다. 무슨 상관!

　새벽에 일어나 책을 읽는다. 역시 책상 앞이다. 수고하는군. 책 읽는 사람은 나의 대역이다. 사임한 스리랑카 대통령, 군용기 타고 몰디브로 도주. 국민연금, 올해 보유 주식가치 30조 감소. "더는 못 참아".. 문 전 대통령 이웃, 1인 유튜버 고소. "5년 남남인데 이혼 안해줘. 新3고에도 '민생국회' 실종. 여야, 제헌절 이전 院구성할까. 세종에 대통령 임시 집무실 만든다, '균형발전 공약' 퇴색. 의학적으로 설명하기 어려운 '가려움'. 무더위 속 운동 잘하는 방법. 20대의 尹지지율, 16.6%p 떨어져 21.3%. 興, '이준석 징계' 후폭풍 방어 사활 걸었지만.. '시한폭탄 남아'. 코로나 재감염자 7만 3821명.. 98명은 3번 걸려. 63빌딩 따라하려고 북한에서 지은 초고층 건물의 경악스러운 근황, 매일 '안아달라'는 남편과 결혼한 뒤 나타난 신체변화. 내일까지 전국 장대비.. 중부·전라·경북 등 '최대 150mm'. 윤 대통령, 윤핵관 3인과 만찬.. 장제원은 빠졌다. 박지현, "이재명 전당대회 불출마 해야.. 나가면 민생 실종" 2022년 7월 13일 수요일, 인터넷판 화면에 떠있는 뉴스. 노원구 중계4동 24℃.

인터넷 화면에서 제목만 스캔해본 오늘의 뉴스다. 진짜 뉴스는 이 표제들이 감추고 있는 뉴스겠지. 그게 뭔지는 뉴스 자신도 모르는 것. 오늘 현재의 남한 블루스다. 이 뉴스를 접하는 이남사회의 문예인들은 거세당한 자신을 어떻게 정리하고 있을까. 문학은 정치에 개입하면 안 된다는 저급한 문예이론을 읊조리고 있을까. 실험이나 전위가 마감된 이유를 묻고 있을까. 페이스북에 올릴 거리를 찾고 있을까. sf나 웹소설이 문학의 미래라고 중얼거리고 있을까. 노벨상 타오기 추진대회에 나갈 것인가. 챗지피티에게 새로운 시쓰기를 묻고 있을 것인가.

다들 무언가는 쓰고 있겠지, 아파트에서.

그는 나처럼 앉아서 나인 듯이 책을 읽고 있다. 그에게 책은 정보나 더 나은 생각의 충전용이 아니다. 다른 걸 할 줄 모른다는 변명이 책을 들게 한다. 그는 책을 읽는다. 때로는 읽은 책을 다시 읽는다. 리뷰가 아니다. 읽었는데 읽은 줄 모르고 새잡이로 읽는 것이다. 한참 읽어나가다가 전에 읽었던가봐, 이렇게 뉘우친다. 다시 읽어도 처음 읽는 것이다. 한 권의 책을 온전하게 다 읽었다는 말은 양적으로는 맞겠으나 질적으로는 언제나 헛말이다.

하루키의 클래식 음악, 제프 다이어의 사진, 멜리스 베스리의 소설이 책상에 올려져 있다. 일종의 동시상영이다. 주욱 늘어놓고 이것저것 읽기. 섞어서 읽기, 비벼서 읽기다. 다음 줄을 읽을 때는 앞줄의 문장이 지워진다. 망각은 힘이 세다. 그나 나나 이길 힘이 없다. 요즈음 나는 전기류에 손이 간다. 나의 대역에게도 전기를 권한다. 전기가 대상 인물의 생과 얼마큼 가까운가는 별개로 친다. 사실(fact)은 지나간 기억이고, 전기작가는 지나간 사실을 다시 소집한다. 모든 전기는 상상력의 산물이다. 사실에 가까울수록 그렇다. 그것이 내가 읽고 있는 전기류 책들의 인연이다. 캐롤 스클레니카(고영범 옮김)가 쓴 레이먼드 카버의 전기는 941쪽이다. 다음은 카버 전기의 마지막 장면이다. 같은 번역자가 카버의 시집을 번역한다는 소문도 있다.

다음날 이른 아침, 레이의 호흡이 점점 거칠어졌다. 에스

티스는 테스를 깨웠다. 테스는 레이를 붙들고 조용히 말을 건넸지만, 레이는 대답하지 않았고 눈도 뜨지 않았다. 1988년 8월 2일 해가 뜬 직후, 레이먼드 카버는 사망했다. (캐롤 스클레니카, 고영범 옮김, 『레이먼드 카버—어느 작가의 생』)

책상에서 일어서다가, 갑자기 머리를 지나가는 생각이 있다. 2021년에 아카데미 여우조연상을 수상한 배우 윤여정의 인터뷰 내용의 일부가 머리에 박혀 있었던 모양이다. "입금되면 다했습니다. 영혼을 갈아넣었어요. 연기철학? 그런 거 몰라요. 오늘 잘해서 내일 또 불러주기를 바랐습니다."

왜 저 문장들이 내게 와서 머무는지 모르겠다.
맥락 없이 타자했다.
내가 책을 덮으니 나의 대역도 책을 덮는다.

내가 일어서자 대역도 일어선다.

무라카미 하루키가 수집한 레코드는 주로 재즈였다.

　재즈만큼은 아니지만 클래식 레코드도 제법 많다고 자랑했다. 그의 책『오래되고 멋진 클래식 레코드』의 서문에 쓴 작가의 말이다. 하루키의 컬렉션 내역은 재즈가 70퍼센트, 클래식이 20퍼센트, 록과 팝이 10퍼센트쯤이다. CD로 따지면 비율이 달라진다고 한다. 나는 내놓을 레코드나 CD가 없다. 카메라가 없는 사진작가와 비스무리하군. 의자를 돌려놓고 등 뒤에 있는 내 서재를 개관한다. 서가에 꽂힌 책의 내역은 대략 문학이 70퍼센트, 인문학이 20퍼센트, 에세이가 10퍼센트쯤이 되겠다. 버린 책까지 따지면 비율은 달라지겠지만. 이 자리를 통해 버려진 책과 책의 지은이들에게 미안함을 전한다. 어디선가는 내 책들도 조용히 처형되고 있을 것이다. 버려지지 않고 서가에 버티고 있는 책들은 운이 좋은 편이다. 내가 저 책들을 다시 읽을 일은 거의 아마 없을 것이다. 어차피 인생이란 거의 의미 없는 편향에 지나지 않으니까. 하루키의 문장이 나를 도와준다. 의미 있을 리 없는 편향.

　그것이 시든 무엇이든.

　소설을 써야겠다고 하자 불길한 예감이 머리를 스친다.

내가 과연 소설을 쓸 수 있을 것인가. 경장편이든 중장편이든 말이다. 소설이 아니라 시를 쓰면서 나는 여기까지 왔다. 시집도 납품하고 산문집도 납품하고, 시인이라는 듯이 스스로를 당연하게 여기면서, 농구단도 구성할 수 없는 약간 명의 사람들 앞에서 오만을 감추고 으스대면서 살았다. 이제 나는 나의 문학 삼재(三災)와 당면하고 있다. 재능 부족, 시대 상실, 문학 우울증이 그것이다. 나는 그래도 내가 대견하다. 나의 현실이 이러함에도 모르는 척 쓰고 있다. 다른 도리가 없다. 때로 그것이 더 서글프다. 이것은 일종의 문학새디즘이다. 가자 가자 더 빨리 가자. 외침이 커질수록 문학은 더 멀어진다. 문학이 멀어질수록 써야 한다는 나의 외침은 거칠게 증폭된다. 무지는 순결하다. 세상사가 그러하듯이 시도 모를 때만 싱싱하다. 이십대에 멋모르고 쓴 시가 생각난다. 애도할 것이 없어 나는 여전히 무한천공을 애도한다.

서재에서 다시 찾아 읽고 싶은 시가 있는가.
이런 질문을 나에게 던지는 리유는 무엇이란 말인가.
나의 자문자답에 허세가 없기를 바랄 뿐이다.
11월 23일 수요일. 이제 더는 가을이 아니다.

시집의 마지막 교정을 보고 있다.

고칠 데가 없다.

완전하다.

늘 부닥치는 문제가 이것이다.

더 손볼 데가 없다는 것은 시가 맞춤하게 표현되고 있다
는 뜻이 아니라 속수무책이라는 말이다. 끝까지 가보지 못
하고 어떤 지점에서 적당히 돌아선다. 그것은 용기의 문제
이거나 가치판단의 문제라고 생각한다. 다시 읽어보니 내
시는 재미와 여유가 방금 증발해버린 스산한 뒷자리 같다.
조금 전에 이 앞을 지나간 사람 어디로 갔는지 아시나요?
아무도 지나가지 않았는데요. 이런 공백이 나의 시였던
것. 쓰나 쓰지 않으나 달라질 것이 없다.

내 시의 경쾌한 비극성!

교수직을 그만두고 나는 무직이 되었다.

> 은퇴함: 근심 없음. 월급도 없음. (DFW, 『거의 떠나온 상
> 태에서 떠나오기』, 76쪽)

해방이야. 나는 순수한 진공 속에 던져졌다. 내 아버지
용어로는 제대다. 오라는 데도 없고 갈 데도 없다. 이것이
본래 나의 자리다. 25년간 교수생활을 했다. 그러면 된 것.
회고록은 쓰지 말자. 나는 좋은 학자도 교수도 아니었다.
빈둥거리는 건달교수였다. 지방대학에서 교양과목을 강의
하면서 나는 반생(半生)을 살았다. 이만하면 살 만하다고
생각하다가도 내가 불쌍하다고 여기기도 했다. 이유는 모
르겠다. 그냥. 서울에서 90분 정도 떨어진 곳에서 교수생
활을 해본 사람들은 공감할 것이다. 존 윌리엄스의 『스토
너』를 읽으면서 크게 공감했던 이유는 무엇이었을까. 학자
로도 성공하지 못했고, 교육자로 학생들의 인정을 받지도
못했고, 사랑에 성공하지도 못한 스토너의 삶에 공명했던
것일까? 넌 무엇을 기대했나? 스토너 교수가 죽기 전에 자
신에게 던진 질문이다. 나는 학교를 그만두고 누구와도 연
락하지 않았다. 그게 맞다. 지나간 것은 지나간 것이다. 나
를 내려놓고 떠나가는 버스를 배웅했으면 그만이다.

가끔 강의하는 꿈을 꿀 때는 있다. 그건 내 의지가 아니다. 꿈은 이렇다. 나는 강의를 하기 위해 연구실을 나와 강의실을 찾아간다. 예술관 3층 301호실로 간다. 디자인학과인데 강의실에는 학생들이 한 명도 없다. 지각하는 학생들이 있으니까 기다리기로 한다. 5분, 10분, 15분, 20분. 학과사무실에 전화를 걸어본다. 죄송합니다, 교수님. 학생들이 무역센터로 견학을 떠났습니다. 미리 말씀드리지 못했습니다. 나는 천천히 강의실 벽면의 따가운 응시를 느끼면서 천천히 연구실을 나온다. 덤덤한 지방대학 교수의 직업적 권태를 되새긴다. 엔지를 낸 배우의 심정. 아직도 누가 나를 교수라고 부르면 속으로 놀란다. 그 순간에 나는 그저 그런 논문을 쓰고, 강의실에서 학생들을 기다리고, 학점을 수정해달라는 학생들의 전화에 시달리고, 교수회의에 참석한다. 직업란에 무직이라고 써넣을 때 나는 순수한 희열을 느낀다. 학생들이 빠져나간 강의실의 텅 빈 적요 같은 미세한 기쁨.

나는 이제 아무도 기다리지 않는다.

공연희 시인한테서 전화가 왔다.

얼굴이나 보자는 게 용건이다. 그는 시를 쓰고 대학에서 강의를 한다. 내 책을 비판적으로 읽어주는 독자다. 우리는 대체로 광화문 언저리에서 만나왔다. 오늘도 광화문행이다. 그와 나눈 대화를 생각나는 대로 각색 없이 기록한다.

이번 시집 읽었어요. 『自給自足主義者』
솔직하고 싶었지요.
너무 다작을 하시는 거 아닌가요?
나는 늘 너무 적게 쓴다고 생각하지요.
매년 시집을 내면 심하신 거 아닌가 해서요.
그래봤자 연간이거든요.
물량작전인가요?
그렇다기보다 사석작전이라고 생각합니다.
사석작전이라니요?
버리면서 뭔가 얻으려는 계산입니다.
지금 내시는 시집들을 버린다는 뜻인가요?
쓰여지는 순간이 중요할 뿐입니다.
그런가요. 그래도 시는 남는 거 잖아요?
어디에 남는데요?

시집에, 인터넷에, 문학사에 남지 않나요?

인터넷에 영원히 남겠지요. 끔찍하지만.

운 좋으면 문학관도 만들고요.

문학관. 구경 오는 사람은 없겠지요.

문학관 답사 해보셨지요?

다시 가보고 싶은 곳은 없더라구요.

시집 내신 소감은 어떠세요?

후회지요. 또, 괜히 냈구나.

후회는 뭔가요?.

쓴다는 허영을 제어하지 못한 자책.

그럼 앞으로 적게 쓰실 건가요?

쓴다는 동사 그 자체에만 무게를 둘 겁니다.

좀 쉬세요.

그래야 겠어요.

휴식도 쓰기라더군요.

쉬면서 가짜 시에 대해 고민해봐야겠어요.

지금 좀 그러시고 있지 않으신가요?

부족해요. 거의 진짜에 시달리는 시를 썼거든요.

가짜 시는 어떤 신가요?

시인 척 하면서 아무것도 주지 않는 시가 아닐까요?

진짜 시는?

뭔가를 주기는 주겠지요.

누가 주는가요?

시인이 주는 거지요. 아니 시가 주지요.

독자반응은 어떠세요?

없어요, 전혀.

잔잔하군요.

독자가 1명도 없습니다. 두 명 있었는데요.

그럼 됐군요. 저는 1명도 없어요.

한 명은 남미로 이민 갔고, 한 명은 죽었답니다.

왜 죽지요?

그러게 말입니다. 쓸데없이.

누군가는 읽는 사람이 있겠지요.

자랑할 일은 아니지만 나의 시 독자는 없습니다.

그런 현실에서 시를 쓰시는 건 대단하십니다

대신 유료독자를 두어 명 고용하고 있습니다.

돈 받았으니 나쁜 독후감을 말하지 못하겠군요,

호평을 하지 않는다는 약정이 있습니다.

부정적인 평을 바란다는 건가요.

일부러 좋은 평을 들어서 무엇하겠어요.

지금까지 들은 평 중에서 하나 소개해주세요.

귓속말 같은 언급이 있긴 있습니다.

궁금하네요.

선생님 시는 재미없어요.

각성하세요.

하 　　　　하
　　하　　하　　　　　　　　　　하

　　　　　　하

소설을 써야 하는데 딴짓만 하고 있다.

헷딴짓이다. 한눈팔기다. 소설을 쓰겠다는 생각을 외면하는 핑계거리를 찾고 있다. 멀쩡한 사람이 쓰는 소설은 멀쩡한 소설이 될 것이다. 멀쩡한 소설을 쓰면서 멀쩡하게 실패해야겠다. 세상에 하나뿐인 소설이 아니라 어디에나 굴러다니는 그런 소설이 되겠지. 꼭 읽어야 할 소설도 아니고 누구에게 추천될 소설도 아니고 그 반대 방향의 소설이 될 것이다. 재미없어. 읽지 마라. 시간 낭비야. 그건 소설이 아니야. 아무나 쓸 수 있는 소설이야. 그게 어떻게 소설이야. 그렇다. 나는 오직 그런 소설만 써야겠다. 쓰는 사람에게도 읽는 사람에게도 환타지를 제공하지 않는 이야기가 될 것이다. 종이값이 아까운 소설. 반품하고 싶은 소설.

"작가가 되는 데 가장 필요한 재능은 착각이다. 문장력이 좋거나 머리가 좋거나 인내심이 있거나 책을 좋아하거나 기타 등등 그런 게 아니라, 내가 시인이나 소설가가 될 수 있다, 라는 착각이다. 이건 굉장히 슬픈 지점이다. 만약 작가를 만드는 요인이 남다른 언어 감각 같은 실질적인 능력이 아니라 스스로에 대한 착각과 자신감이라면, 많은 작가들이 왜 그렇게 덜되어먹은 건지 알 수 있기 때문이다." 앞의 따옴표 속은 정지돈이 『당신을 위한 것이나 당신의

94

것은 아닌』에서 쓴 문장이다. "독자가 어떻게 읽는지와는 별개로, 누군가에게 듣기 좋고 힘이 되는 글을 쓰겠다는 동기로 글을 쓰는 사람이 뛰어난 작가가 될 가능성은 거의 없다. 글쓰기는 그런 것과는 무관하다."(문규민) 정지돈이나 문규민의 문장은 다 나를 향하고 있다. 공감 백배. 나의 변명: 나는 소설가나 작가라는 말을 듣고 싶은 게 아니다. 직업 작가들의 영역을 넘보는 것도 아니다. 그냥 소설을 써 보는 것이다. 소설가나 작가라는 명칭 자체는 나의 소관이 아니다. 나의 주종목이 시면 족하지만 그것도 산 너머 산이다.

소설을 쓴다고 다 소설가는 아닐 것이다.

시집을 냈다고 다 시인에 이르는 것이 아닌 것과 같은 이치로.

나를 그 예로 드는 것에 주저하지 않겠다.

11월 끝자락에 접어든다.

늦가을과 초겨울이 서로 손을 내밀고 잡을까 말까 망설이는 사이에 해는 빨리 떨어진다. 천천히 어느덧 밤이 왔다. 초밤. 시를 읽는다. 오늘 같은 밤 읽고 싶은 시가 있다. 읽으면 시가 느껴지는 시가 있다. 이승훈의 「엉터리 시」다. 본래는 행갈이가 촘촘하게 되어 있지만 행갈이를 무시하고 읽는다. 일종의 편곡이다. 읽겠습니다. 시작.

엉터리 시가 사랑스럽다 쓸쓸하다 기댈 곳이 없는 엉터리 시는 누가 쓰는가 엉터리 시는 겨울 저녁 햇살이 쓰고 엉터리 시는 잃어버린 얼굴이 쓰고 죽은 욕망이 쓰고 하아얀 조약돌이 쓰고 어딘가 다른 세상에 있는 마음이 쓴다 칼이 쓰고 모자가 쓴다 도장을 찍듯이 쓴다 말 속에 들어잇는 시퍼런 시간 입방체 입방체가 쓰고 잉크가 쓴다 손이 아니다 폐가 쓰고 바림 쓰고 혀가 쓴다 혀로 애인을 핥듯이 혀는 꿈이야 혀가 혀를 핥듯이 기차가 기차를 핥듯이 이 저녁 그가 쓰는 시 무엇을 쓰며 왜 쓰는지 모르며 쓰는 시 이 엉터리 시! 언제나 머물며 떠나는 시!

나는 입을 닫는다.
침묵이다.

눈도 감는다.

마음도 닫는다.

무엇을 쓰며 왜 쓰는지 모르며 쓰는 이 엉터리 시가 내 마음에 가만히 내려앉는다. 나는 이 시가 좋다든가 마음에 닿는다는 말을 하려는 게 아니다. 시 같지 않아서 좋다. 시를 넘어서기도 하고 시에 미달하기도 하는 이 엉터리스러움이 각잡는 이론을 무장해제시킨다. 박재삼의 「울음이 타는 가을 강」을 읽던 대학 초년병 시절은 차라리 좋았다. 시를 쓰면서 시를 읽으면서 도달한 지금은 새로운 시가 좋다. 좀 새로운 시가 좋다. 좀 많이 새로운 시가 기다려진다. 새로운 척 하지 않으면서 새로운 시가 좋다. 새로운 시를 읽고 싶다. 문제는 그런데 새로운 시가 보이지 않는다는 점이다. 내가 눈이 좁아 새로운 시가 많은데도 새로운 시를 보지 못했기에 새로운 시는 여전히 새로운 채로 새로운 시의 신선도를 뽐내고 있는지도 모르겠지만 어떤 시가 새로운 시인가에 대한 의견은 구구각각일 수밖에 없는 것이 누구도 새로운 시에 대한 결정적인 이론과 그에 어울리는 새로운 시를 제시하지 못하고 있다는 점에서 새로운 시는 여전히 미지로 남는다. 새로운 시는 새로울 뿐인 시다. 그 안에 새로운 무엇이 있어서 새로운 시가 아니고 그때그때 독자들이 새롭다고 이해하면 새로운 시가 되지만 그런 새로운 시는 금세 뻔해져서 새로운 시의 본색을 들키고 만다는 것을 문학사는 식상하게 보여주었으므로 새로운 시는 새로워서 새로운 시가 아니라 새롭다는 듯이 새롭게 쓰여진 시일 뿐이지 그렇게 쓰여진 시가 꼭 새로운 시는 아니라는 게 업계의 통설이기도 하거니와 사실상 새로운 시는 없다는 것도 업계 통설에 보론으로 추가되어야 할 사안이다.

　그저 그런 시는 지겹다.

　지겹도록 많이 봤다. 새로운 척 하지 말고 새롭게 쓰자. 어떻게 쓰면 새롭다지? 우선 남의 시 읽는 것을 과감하게 끊어야겠지. 그리고 머리통 속에 배어 있는 시라는 관념을 지워내야겠지. 이건 어려운 문제다. 새로운 시를 방해하는 걸리적거림은 다름아닌 기존 문학사다. 문학사는 전면 무시되어야 한다. 문학사를 버려야 한다. 문학사는 혼령이 되어 시를 쓰는 자에게 무엇인가를 자꾸 암시하고 지시한다. 남의 혼령이 나의 시 쓰기를 방해하거나 지배하는 것은 막아야겠지.

　시 쓰기 또한 수처작주의 길일 것이다. 수처작주를 문자 위에 세워야 한다는 바로 그 점이 시라는 장르를 혼란으로 밀어넣는다. 시 쓰기의 난감성이 여기에 있을 것. 무슨 말을 골라도 그 말은 내 뜻을 담아내지 못한다. 그것은 언어의 뜻이지 시인의 뜻은 아니다. 이 딜레마를 벗어나는 방법을 나는 두 가지로 설정한다. 하나는 문자가 가리키는

98

대로 쓰는 것이다. 즉, 문자에 어떤 화장도 하지 않고 문자의 기본 의미를 존중하면 쓰자는 것. 형용사나 부사나 기타 수식 구절들을 쓰지 말자는 것이다. 비가 온다. 바람이 분다. 이런 단순성. 다른 하나는 언어와 문장이 가지고 있는 기존 문법의 질서를 뭉개는 방법이 있다. 이 방법은 기존의 시들이 숱하게 써온 방식이다. 새롭지 않다. 더 설명하지 않아도 충분하기 때문이다. 나의 방식은 문장을 벗어나거나 의미를 초과하고 싶다. 꿈과 현실 사이의 틈을 보여주고 싶은 것이며 꿈과 현실이 서로 다른 자리에 있지 않다는 점을 시적으로 역설하고 싶다. 간단히 말해 나는 시를 픽션으로 규정하려고 한다. 언어를 만나면서 시가 픽션으로 몸 바꾸는 순간을 쓰려고 한다. 이 글을 김수영이 읽었다면 뭐라고 할까? 후배님, 놀고 있군요, 그랬겠지.

다행이다.

안목에서 강문까지
바닷가를 걸어간다
철지난 바닷가
송창식이 부른 노래다
옛날 노래를 어쩌다
옛날 지나고 듣는다
노래는 내게 와서
바다를 만들고
파도를 만들고
긴 상념을 만들어놓는다
갈매기는 낮게 떠 있고
해변에는 누가 놓고간 책
누군가 수줍게 부르는 노래
파도가 내게 와서
흔들어도 모르고
바다 끝까지 바다 속까지
철지난 그곳으로
밀려갈 것 같다
가사 없는 노랫말을 흥얼거리며
그저 멜로디에 얹혀서 간다
어디까지 가는 거야
그만 가자

잠깐
저기 또 한 사람 있다
누구지?
가까이서 보니
그 사람도 나였다

마침내 시집이 도착했다.

올 것이 온 것. 택배 상자를 개봉하면서 여러 생각이 손끝에서 피어난다. 소규모의 기대와 흥분이 움직인다. 쓰면서, 교정지를 보면서, 가제본을 통해서 시집에 대한 기대와 환상은 많이 깎여나갔다. 시집을 손에 잡고 손맛을 느껴 본다. 이제부터 시집을 잊어야 시간이다. 잘 가라, 내가 썼지만 이제 나는 내 시를 버린다. 소년 같은 마음의 심연이 움직인다. 산행이나 해야겠다. 시집이 나왔으니 다음 시집을 써야 한다. 내 시에게 해열진통제를 먹여주어야겠다. 백약이 그러나 무효다. 그간의 시에다 휘발유를 뿌리고 라이터를 켜야 한다. (중얼중얼 두드렸던 문장 두엇을 삭제했다.) 문장이 사라진 빈 자리에 내가 있을 것이다. 이제 나에게 시 쓰는 일은 일도, 취미도, 소일도, 사명도 아니다. 무엇이란 말인가. 방편이다. 내가 의지한 일엽편주다. 울고 싶다. 다른 내가 말린다. 왜 그러시는가. 10분만 울고 싶다네. 웃으시게. 해소되지 않는 잔여가 있다네. 품앗이삼아 같이 울어줄까? 엉엉. 내가 작성한 시집 뒷표지글을 남의 글처럼 읽는다.

내 시에 밑줄 긋고
깔깔대는 독자
한 댓 명 있어도 좋겠지

손 없는 날
그들과 웃으며 떠들며
소풍 가는 상상

●

　나는 한때 사랑의 시들이 씌어진 책을 가지고 있었지요.
모서리가 나들나들 닳은 옛날 책이지요. 읽는 순간 봄눈처
럼 녹아버리는, 아름다운 구절들로 가득 차 있는 아주 작
은 책이었지요.

　책을 읽으면 머리카락 몇 올이 돋아나는 것 같아
　아주 큰 무엇은 아니고 딱 그만큼만
　아주 작은 그만큼만
　그래도 옷에 묻은 흙을 털고
　신발 끈을 조여매는 힘은 생기지
　노래도 그래
　먼 기적소리처럼
　가슴 뛰던 젊은 날의 울림은 아냐
　그냥 헌 모자 하나 덮어쓰고 바다가
　보이는 언덕으로 가고 싶은 정도이지
　책을 읽으며 노래를 들으며 아직은 눈물
　흔적 지우고 살아
　내가 그래
　당신은 어때?

　앞의 시는 1967년생 김수영이 2000년에 낸 시집의 앞자
리에 수록한 시의 부분이고, 뒤는 1950년생 가수 최백호가

bar

104

2022년에 발매한 앨범에 탑재된 노랫말이다. 제목은 둘 다 「책」이다. 김수영이 33세 무렵, 최백호가 73세에 쓴 소작이다.

　상관없는 두 편의 시를 읽으면서 느슨한 동지애를 느낀다. 지나치는 사람들은 몰라/ 외로운 가로등도 몰라/ 한꺼번에 피어버린 꽃밭처럼/ 어지러운 그 옛일을 몰라/ 그래 걷자 발길 닿는대로/ 빗물에 쓸어버리자 이 마음 (김창완)

남자는 한때 절친했던 대학 후배 철수가 자살했다는 소식을 듣고 빈소에 가기로 마음먹는다. 철수와 막역했던 다른 두 사람과 함께 나선 길. 서울에서 전남 광양까지 문상을 가면서 세 친구는 이상하게 자꾸 잘못된 길로 빠진다. "얼마나 잘못 온 거야?" "잘못 온 건 아니고 덜 온 것 같아." 오세현 감독의 영화 〈우수(雨水)〉의 관객용 시놉시스다. 감독은 장률의 〈경주〉 〈후쿠오카〉 〈군산〉 등의 영화에 스태프로 오래 참여한 경력이 있다. 오세현의 〈우수〉는 장률의 〈망종〉에 조응하는 오마주다.

나로서는 올해의 영화다. 홍상수의 〈탑〉으로 마감했던 올해 내 영화의 목록에 추가한다. 노원롯데시네마에는 덜 어울리는 영화다. 객석 40개 정도 갖춘 10층 6관 D열 5번 좌석에 나는 앉아 있었다. 혼자인 줄 알았는데 20대 여자, 30대 초반 남자 그리고 70객 내가 앉아서 영화를 보았다. 이런 방식으로 영화관에 앉아서 영화를 볼 수 있는 날도 많이 남지 않았으리. 영화도 사양산업이듯이 내 세대의 문학도 종료된 지 벌써다. 인간문화재가 된 시인들. '마지막 시 쓰기 좋은 저녁이 올 것이다.' (황동규)

네비에 우수천을 찍고 떠났던 일행이 도착한 우수천은 허허벌판이었다. 이런 황당함이 관객인 나에게 허허벌판

106

같은 몽상과 자유의 여백을 선물한다. 우수천은 세 곳이나 더 있다고 한다. 이런 시나리오적 변명이 마음에 썩 든다. 길을 잘못 들어도 아무렇지 않은 사진관 사장 역 윤제문, 후배 역 김태훈, 김이사 역 김지성의 연기 같지 않은 연기는 영화를 영화답게 만든다. 왜 나는 이런 영화에 꽂히는가. 이른바 장률적 사유방식이 덧씌워진 독립예술영화라는 표현은 나를 붙잡는다. 죽었다고 했던 철수가 살아있는 장면은 맥거핀이었을 것. 나 역시 하나의 맥거핀이 아니겠는가. 삶의 미끼나 속임수 같은. '도둑질 하듯 몰래 살았다는 느낌이 목구멍에 차오른다.' (허수경) 철수의 자리에 나를 세워보는 순간이다. 엔딩 크리딧이 조용히 올라가고 나는 텅 빈 스크린을 비집고 들어간다. 영화 속 다이얼로그 몇 줄.

나 죽으면 올래?
웬만하면 가야지.
부조 얼마 할래?
오마넌.
지금 줘.

(노트)

이 장면은 한 편의 롱 테이크를 위한 다큐멘터리 대본이다. 대본이라는 말이 어색하지만 독자의 상상으로 옮겨지기를 바라는 문장들이다. 때는 단기 4355년 11월 중하순쯤이고, 장소는 중계동 나의 거처다. 방은 서너 평 크기. 긴 책상이 있고, 책상에는 책 몇 권, 필기구, 커피잔, 휴대폰, 소형 블루투스가 보인다. 다른 물건은 없다. 단순하다. 컴퓨터. 시인의 등 뒤는 서가다. 시인이 책상에 앉아 있고 긴 책상 한 끝은 창문이다. 창문 너머로는 불암산 전경이 시인의 일상을 조율한다. 이 모든 풍경이 하나의 프레임 속에 들어 있다.

1#

화면이 열리면 내가 책상 앞에 앉아 있다.
특별히 무엇을 하고 있는 것 같지는 않다.
내 손에는 책 한 권이 들려 있고, 책을 이곳저곳 넘긴다.
읽는 것은 아니다. 단지 책을 느끼는 시늉이다.
나는 회색 긴팔 티셔츠를 입었고, 바지는 검은 면바지다.
머리는 백발이고 숱이 좀 빠졌다. 시술을 가하지 않은
또래 남자들의 평균적 겉모습이다. 녹슨.
요컨대 네버랜드의 인류는 아니다.   108

세금처럼, 세월에 삶을 제때에 헌납한 모습이다.

나는 책을 놓고 두 손으로 턱을 괸다.

커피잔을 들고 홀짝거린다.

커피잔을 내려놓고 오므린 손끝으로 책상을 두드린다.

톡톡.

조금 뭉툭한 소리가 일정한 박자로 울린다.

(나의 중얼거림이 보이스 오버로 흘러나온다. 보이스 오버 내레이션을 주로 사용하는 이유는 그것이 나의 의식과 상관없는 일종의 무의식적 발화처럼 들리기를 바라기 때문이다.)

오전 내내 내가 쓴 시 한 편의 교정을 보면서 쉼표 하나를 떼어냈다. 오후에 나는 쉼표를 다시 붙였다. 오스카 와일드의 말이다. 그가 정말로 그런 말을 했을까? 트위터에 흘러다니는 문장을 주워왔다. 내 나이가 몇 개인데 저런 순진한 문장에 꽂히는 걸까. 그럴 수도 있겠지. 쉼표를 찍었다 지웠다 하면서 자기 호흡을 조율하는 것이 시 쓰는 작업이겠지. 그런다고 세상이 달라지는 건 아니다. 문장의 구조는 바뀐다. 시인들은 그런 착각을 즐긴다. 문장의 구조가 바뀌면 세상의 구조도 바뀐다는 착각을 한다.

강고하고도 클래식한 망상.

그러나 나는 아니다. 그런 지경을 연출하는 문장의 구조를 가져본 적이 없다. 그것은 내 깜냥 바깥의 문제다. 신은 나에게 그런 시적 재능을 주지 않았다. 신을 탓할 일은 아니다. 나에겐 미신이 없다. 나의 재주 없음도 탓할 일은 아니다. 역설이지만 나는 시인으로서 나의 재주 없음을 사랑한다. 그것이 나의 재능이기도 하다. 나는 한 편의 시가 발표되면서 한순간도 견디지 못하고 연기처럼 사라지는 광경을 많이 보아왔다. 누구의 시든 예외는 아니다. 시의 공적 가치는 소멸했지만 개인을 연소하는 시의 본능은 끈끈하다. 그것에 기대어 나는 시를 쓴다. 나는 감정과 감각의 유사 해방감에 사로잡혀 있다! 여담이지만 시 쓰기를 그만둔 사람들의 자제심을 부러워한다. 쓴다는 것은 실로 엄청난 욕망이자 허욕이다. 허영일지라도 달라지지 않는다. 그것은 차라리 더 무섭고 더 서글프다.

나는 시의 소멸에 대해 생각하는 게 아니다.

그 일은 내가 떠들 문제는 아니다. 내가 하려는 얘기는 아니지만 시는 인터넷 공간에 둥둥 떠 있다. 그것이 시를 더 애물로 만들고 있는지도 모르겠다. 사라지지도 못하고 인터넷 어딘가에 붙잡혀 있는 시는 승객들의 굳건한 외면을 견뎌내야 하는 지하철시의 운명과 다르지 않다. (나는 지하철시를 미워하지 않는다. 이제는 그런 시들도 사랑스럽다.) 나는 그저 내 재주 없음을 아끼면서 내 시를 썼을 110

뿐이다. 내 시? 내 시는 어떤 시지? 혼란스러워지는군. 내 입으로 내 시라고 하고 보니 우습군. 과연 내가 쓴 시가 내 시일까? 내 시라고 할 수 있을 것인가? 시 한 편의 고료를 받을 때만 나는 내 시의 자작권을 누린다. 내 시에 묻어 있는 남의 숨결이여, 좀 꺼져다오. (잠시 침묵)

휴대폰 문자벨이 울린다. 문자를 확인한다.
신규확진자 3,794명, 18세 이상 2가백신 예약 없이 접종. 서울시가 보낸 문자다.

시인은 커피를 마신다. 아주 조금씩만.
턱을 괴고 벽을 바라본다. 벽에 무엇이 있다는 듯이.
(계속 보이스 오버로) 그런데 나는 내가 쓴 시를 의심한다. 다른 시인들의 살림도 비슷하겠지만 시인이 선택하는 말이 시인의 소유가 아니라는 점이다. 누구의 것도 아닌 공공재다. 언어에는 숱한 세월을 거치면서 숱한 사람들의 숱한 지문이 묻어 있다. 시인들은 언어와 문장에 자기 이니셜을 각인시키려는 존재다. 이름을 지워도 누구의 시인지 알 수 있도록 개성화 하려고 노력한다. 노력이라는 말이 어색하지만 그냥 둔다. 노력은 문학에도 성공의 모성을 발휘하는가.

내가 쓴 시를 나는 믿을 수 있는가?

좀 심각한 질문.

내가 대답할 문제다.

내가 어떤 시어를 집어들 때면 그 말에 나의 피가 쏠리는 느낌을 받는다. 여러 번 그 말을 사용하다 보면 물론 피의 농도는 묽어진다. 처음 하나의 말을 선택할 때 묘한 짜릿함을 느낀다. 그것 없이 나는 말을 고르지 않는 편이다. 그렇게 고른 말들이 새롭게 어깨동무를 하고 의미의 연대를 결성한다. 새롭거나 이채롭다. 내가 이런 문장을 만들다니. 이게 시 쓰는 보람 아니겠는가. 나를 다독거린다. 그런 자기 희열이 오래 가는 것은 아니다. 정확하게는 쓰는 순간까지다. 그 이상은 아니다. 조금 전과 다르게 그저 그런 시로 변하고 만다. 내가 쓴 시가 나를 가격하는 셈이다. 사랑이 그런 것처럼. 아직도 내가 당신을 사랑한다고 생각하세요? 꿈 깨세요. 내가 시에게 할 수 있는 유일한 복수는 내가 쓴 시를 망각하는 것이다. 저런 시를 내가 썼단 말인가. 믿을 수 없군. 아무튼, 내가 쓴 시에 소속되고 싶지 않다. 내가 썼던 시를 언제나 나는 다시 쓴다. 그 사실을 나만 모르는 척 가장하고 있다는 것. 처음인 듯, 갔던 길을 다시 가는 것. 그것이 내 시 쓰기의 요체라는 사실을 나는 인정하지 않을 수 없다.

아침에 시를 썼다.

초고상태. 11월 29일은 대여 김춘수가 죽은 날이다. 나에게는 저런 기록이 역사다. 문학에 입문하면서 들었던 이름들이라 그렇다. 청춘의 윗목에 있는 기표들. 김춘수 선생이 내가 편집장이었던 출판사에서 시집을 낸 적이 있다. 『라틴點描·其他』(1988년). 시인은 당시 방송심의위원회의 위원장이라는 직함을 가지고 있었고, 사무실은 태평로에 있었다. 선생은 인지를 무릎에 올려놓고 붉은 사인펜으로 일일이 저자사인을 했다. 인지에 도장을 찍던 시절이다. 가끔 세검정 사무실로 전화 걸려와서 인세를 독촉하던 귀여우신(?) 기억도 있다. 아침에 쓴 초고를 옮겨놓고 읽어 본다. 내가 쓴 시를 육성으로 읽어보는 일도 오랜만이다. 내 방식의 시식.

오늘은 11월 29일 화요일
김춘수 시인이 작고한 날이다
향년 82세

1922년 11월 25일
경상남도 통영 출생
(한때는 나도 통영에서
태어나고 싶은 적이 있었지)
니혼대학 문예창작과 중퇴
그때도 문창과가 있었다고?
중퇴해보지 못한 나의 쓸쓸함에 대해

낮은 강도로 화를 내본다

누구에게도 호명되지 못하고
자기 이름을 스스로 부르면서
하나의 몸짓으로만 살아가는 사람들을
무엇이라 부를까?
그들이 맞이하는 밤을 무엇이라 부르겠는가?
이 시는 그들을 위해 쓴다 무엇보다
나를 위해 고쳐쓴다

시를 쓴 손끝으로 짜릿함이 느껴오지 않는다.
김춘수라는 기표에 기댔기 때문일 것이다. 내 시는 없고
김춘수만 공지한 격이 되는 건 아닐까. 그렇군. 허허허. 이
런 류 시들의 비성공은 늘 그렇듯이 인용하는 시인의 후광
을 넘어서지 못해서일 것이다. 대개는 이런 시인을 안다는
정도의 적막한 과시용으로 끝이 난다. 단시를 예상했는데
길어졌다. 아직도 나는 언어의 군더더기에 미련과 집착이
많다. 시를 쓰는 훈련은 군더더기를 밀어내는 연습일 터인
데 말이다. 언어와 의미에 대한 애착을 끊지 못하는구나.
알맹이라고 추앙되는 의미에게 외면당한 군더더기가 시라
는 생각이 솟는다. 이런, 의미론적 어깃장이라니.

2#

책상에 있는 휴대폰 벨이 울린다. 카톡이다.

카톡 화면을 연다. 공연희 시인이다.

손생님, 시집 축하해요.

감삼다.

얼굴 한 번 뵈어야지요.

네.

서교동은 어때요?

서촌도 좋거든요.

거기 뭐 있는데요?

서교동에 있는 건 거의 다 있을 거지요.

그럴까요?

요즘 어떻게 지내시나요?

재미없고요. 강의평가 받는 중.

재미없을 나이는 아닐 텐데.

쉰 넘어서도 재미있으면 정신분열이겠지요.

그런가요.

손생님도 칠십이에요,

사과드립니다.

어머, 고희야, 어떡해. 그 나이에 시를 쓰시다니!

정서적 난민이지요. 사회적으로도 육체적으로도.

이제 고만 쓰세요. 육십줄 시는 안 읽어요.

재미없어요.

아주 공감각적인 말씀입니다.

영화 얘기 뚝, 음악 뚝, 문학 뚝, 다 뚝이에요. 지루해요.
이제는 식상하답니다.
식상은 상식! 이선상님 우울증 온 거 아닌가요? 갱년.
우울증은 기표 연쇄의 지체라더군요. 생각도 잘 나지 않고.
기표의 수혈이 필요합니다. 책읽기, 시 쓰기 등등.
저는 한 학기 강의 뒤풀이를 손생님 하고 하네요. 이것도
수혈.
우울할 때는 클래식 창법으로 트로트를 불러보세요.
조만간 연락드릴 게요.
네.

    3#
나는 폰을 손에서 놓고 책상 위로 밀어놓는다.
다시 폰을 집어들고 문자 화면을 읽는다.

[행정안전부] 빙판길 넘어짐 예방을 위해 보폭을 줄이고
굽이 낮은 신발을 신으며 주머니에 손을 넣지 않습니다.
저온에서 뇌경색 발병이 높아지니 보온에 유의합니다.

[문학예술위원회] 우리나라의 시생산이 연간생산량을 초
과했으니 시인들은 가급적 시창작을 줄여주시길 당부드
립니다. 죄송한 말씀 드려서 죄송합니다. 건필하십시오.
폰을 끈다.

나는 의자에서 일어나 창가로 다가선다.

먼눈으로 창밖을 개관한다. 아파트, 아파트, 아파트.

아파트의 행진 옆으로 불암산이 누설하듯 암벽을 내어놓는다.

흘러내린 암벽의 신념이 순진하다.

이 대목에서 보이스 오버로 나의 중얼거림이 머리 위로 쏟아진다.

너무 멀쩡해서 시를 더는 못쓰겠더라고 말하던 전직 시인의 말이 떠오른다. 나는 가끔 그 시인의 말이 생각난다. 시는 멀쩡하지 않은 사람이 멀쩡하지 않을 때 쓰는 건지도 모른다. 시를 쓴다는 건 징징거림이다. 그 이상은 뭐지? 철들었거나 정신이 멀쩡한 인간은 징징거리지 않는다. 그럴 수가 없다. 이성의 벽에 갇히기 때문이겠지. 예술위원회의 통계는 없지만 대개 할 일이 없거나 시간이 남는 사람들이 붙어 있는 게 시 분야다. 소설은 일단 길잖아. 또 소설은 서사니까 앞뒤가 좀 맞아야 하겠지. 물론 앞뒤 잘 맞는 소설 치고 재미있는 소설은 잘 보지 못했다. 내가 딱 이 칸에 맞는 인간이다. 시간 남는 인간들이 뚝딱뚝딱 끄적이기 좋은 것은 딱이다, 시가. 이 생각이 무슨 신념까지는 아니지만 그렇다고 수정할 생각은 없다. 시 쓰기를 존재 이유로 삼는 것이 비위생적인 건 아니다. 시를 하는 행위는 세상이 관용하는 제도적 정신분열이거나 저속의 죽음충동이겠지. 시는

자기 관점만 지키면 되는 거지. 시는 사회생활 매뉴어리가
아니다. 골방의 문법이다. 멀쩡하지 않은 인간이 쓰는 멀쩡
하지 않는 짧은 중얼거림. 과장된 신경증, 앞뒤 없는 문맥.
엉뚱한 소리. 부정확한 오작동의 뒤틀림. 헛긁는 소리.

　징징거림.
　더 큰 징징거림.
　통큰 징징거림.
　부정확할수록 사태를 정확하게 드러내는 말하기.

　징징거리며 환상을 건너뛰자.

　나는 손을 뻗어 폰을 쥔다.
　폰을 문지르고 전화를 건다.
　전화가 수신인을 찾는 긴 신호음.

　　4#
　나야, 뭐해? 그냥 걸어봤어. 커피나 마실까? 손주는 많
이 컸겠네. 왜? 애기가 무슨 코로난가. 저번에 무슨 심사
간다고 하지 않았나? 잘 하고 온겨? 심사료 너무 적다. 웃
기는 데도 많아. 그런 거 하지 마라. 나? 나는 아침에 커피
한 잔 마시고 책상 앞에서 이러고 있다. 오늘? 오늘 오후에
는 영화나 볼까 하는데. 같이 갈텨? 왜? 늙어서 바쁘다는 118

건 좀 그렇지 않아? 나와서 바람 쐬고 가지? 그럼, 강원도도 가야지. 바다도 관리하고. 당장은 보지 않는 책들도 거기 다 있지. 아니야. 요새는 책을 잘 안 읽게 되더라구. 본래도 뭐 많이 읽은 건 아니지. 뭐랄까. 기억력도 획획 날아가. 좋은 현상인가. 금방 읽었던 작가 이름이 떠오르지 않은 때가 왕왕. 짐 자무쉬가 생각나지 않아 한참 헤맨 적도 있어. 예를 들면 그렇다는 거지. 수면에 잠겼다 떠올랐다 하는 식이야. 기억력도 그렇지만 그보다는 집중력, 장악력이 무뎌져. 점점 그래. 손아귀에 힘이 스르르 빠져나가는 걸 느낀다는 거지. 힘 빠진 정도를 내 것으로 최적화하며 사는 거지.

전화 길게 해도 되는 거야? 나야, 괜찮지. 참, 이상하지, 자네도 그런가? 별로 다를 게 없겠지. 내 폰은 일주일에 한 번 울릴까? 숱하게 전화 걸던 사람은 다 어디 간 거여? 그 많던 싱아. 나를 향한 무슨 음모 같아. 전화 걸지 않기 연대라도 만들어진 듯. 화물연대는 아니고. 자네도 그렇지? 음, 그렇군. 무료한 시간의 더없는 평화 혹은 덧없는 평화. 덕분에 말 그대로 존재론적 시간을 살지. 집사람은 날 보고 고립무원이라 그러더군. 맞은 말이야. 베풀지 않은 자의 과보라네. 웃었지. 베풀지 않았다? 자네는 이해할 듯 한데 말이야. 베풀지 않기를 잘했다고 생각한다네. 그냥 그런 생각이 올라와. 변명이라고? 그럴 테지. 글농사는 잘 되어 가는가? 나는 자네의 시가 읽고 싶다네. 자네 시를 읽은 뒤 휑한 감정을 추스르고 싶으이. 누구를 안다는 것이 그 사람의 시를 읽는데 도움도 되지만 방해가 될 때도 많지. 늘 하는 말이지만 나는 시가 이해될 때보다 시가 이해를 가로막을 때가 좋더라구. 사실 우리끼리 하는 말이지만 이해되는 얘기를 시로 쓸 필요가 있을까 모르겠어. 사회적으로는 필요하겠지만 말이야. 시인들은 자본주의에 저항하는 듯한 말들을 하지. 일종의 문학적 제스츄어지. 영업 종료 팻말을 걸어놓고 안에서는 일일결산을 하는 셈이지. 하는 척 하면서 살 수밖에 없는 행동편향증세. 잡담과 가짜 뉴스에 파묻혀 사는 거지. 시 쓰기도 그런 증상이겠지, 이게 개헤엄인지 아닌지 누가 알겠어?

내가 시집을 자주 제본한다는 소문이 있더군. 일년에 한 권 내는 건데 그게 많은 건가? 미처 읽을 시간이 없다고? 그 말은 맞지만 정확한 해명은 아니라고 보겠네. 읽을 시간이 없다는 건 잘 알겠지만 그렇다고 종이를 제공한 나무 앞에서 줄줄 우는 버릇은 참는 게 좋겠어. 나에게 미안해 할 것까지는 없고. 그렇다는 말이야. 시는 삼십 이전에 끝냈어야 하는데 시 쓰기가 지체되면서 이 지경에 다다른 거지. 누구에게도 도움이 되지 못하는 이 기만적 집착심. 친구여, 나는 그냥 쓴다. 헛짓인 줄 너무나 뻔히 알면서 쓰는 거야. 헛짓만이, 쓸모없는 짓거리만이 거룩하다고 믿으며 산다네. 시에 고용된 거지. 노트북을 착취하면서 자아의 바다를 떠다니는 거지. 단지 익사하지 않으려고. 노트북도 좋이도 인내심이 강하다.

  커피 생각나는군. 맛있는 커피집도 찾았다네. 나올래?
손주가 아프다고 그랬지. 깜빡했군. 어제 영화 봤는데 그
얘기 해주고 끊을게. 관심 없으면 말해. 어제 노원롯데시네
마 10층 6관에서 독립예술영화 〈우수〉를 봤어. 우연히 알
게 된 영화야. 뭐, 다른 건 검색으로 확인할 수 있는데, 검
색이 늘 그렇듯이 영화와는 비슷하지도 않은 내용을 전해
줄 거야. 내가 하려는 장면만 얘기할 테니 들어봐. 사진관
을 하는 중년의 남자가 후배의 영정사진을 구하려고 옛날
결혼하려던 여자를 찾아가는 장면. 이 남자가 결혼식장에
서 도망쳤다나봐. 그 여자사람은 얼마나 이를 갈며 살았겠
어. 죽이고 싶었겠지. 누가 찾아왔는지 모르고 나왔던 여
자가 오빠라 불리는 웬수같은 남자를 딱 보는 순간 딱 한
마디 하고 딱 돌아섰어. 그 딱 한 마디 때문에 나는 이 영
화를 다 본 것 같았음. 자네는 어떤 말을 할 수 있겠어. 그
여자라면. 한 십여 년 지난 뒤쯤의 그 감정 말이야. 6관에
나 혼자 앉아 있었는데 나는 웃고 말았어. 크크. 내 웃음
을 화면 속 그 여자도 들었을 걸. 무슨 말이냐고? 전혀, 꿈
에도 생각하지 않았던, 결혼식장에서 달아났던 그 오빠와
딱 마주치는 순간 하는 말은 이랬어. 아, 깜짝이야, C발. 그
리고 딱 돌아섰다는 거지. (생각해봐. 요즘에 사진관을 한
다는 거. 오다가다 여권 사진 한 방 박아주는 직업. 먹고
살 수 있겠어? 아티스트도 아니고 말이야. 왜 이런 시대착

오에 1960년대 소설가 김승옥식의 련민을 참을 수 없는지 모르겠어. 련민. 련민.)

폰을 끈다.
나는 방안을 서성거린다. 방안 산책이다.
돌아서서 눈으로 서가를 검색한다.
책들의 공동묘지군, 나는 계약직 묘지기 신분.
내 머리 위로 나의 활자들이 주루룩 쏟아진다.

　　　5#
(보이스 오버로) 아침에 썼던 시를 퇴고해야겠다. 그런데 그 시는 어디를 손보지? 퇴고할 때마다 겪는 난감이 있다. 초고가 퇴고를 능가한다는 느낌 말이다. 퇴고의 잔손질이 초고가 가졌던 숨결을 다 없애버린단 말이지. 성형을 하면서 본얼굴이 사라지는 것과 비슷하겠지. 여러 번 수정하면서 여러 편의 수정본이 나타난다.

생각으로는 그 수정본을 다 제시하고 싶다. 그것을 살피면 내가 어떤 표현을 견디지 못하는지가 드러난다. 나의 선택이 옳은 것은 아니다. 내 시적 취향과 리비도가 드러날 뿐이다. 하나의 말을 집어들 때와 행갈이를 할 때 어김없이 나의 전체가 걸려든다. 전생애라고 하면 과한가? 엄살인가? 표현이 과열되고 있지만 엄살은 시가 사랑해야 할 항목이다. 시를 만지면서 나는 나의 취향을 선택한다. 나의 취향이 무엇인지 모르지만 시에 드러난 문체는 나의 취향을 연기한다. 시는 나를 싣고 어디론가 간다. 오늘은 한 편의 초고를 썼다. 그것뿐이다. 시 한 편이 어디냐. 그렇기도 하구나. 시 한 편이 어디더냐. 이 수구적인 울렁거림.

나는 일어나서 창문을 연다.
바깥의 소음이 얼른 방안으로 몰려온다. 자동차 소리.
간간이 구급차 사이렌이 요란하게 들린다.
구급차 사이렌이 들린다. 당대를 흔드는 비상벨 같다.
거실에 나가서 커피를 더 만든다.
카메라의 프레임 바깥으로 나간다.
(문장 밖으로 나간다는 말도 되는가?)
내가 비운 방안이 물속처럼 조용하다.
10여분 뒤에 나는 다시 방으로 들어온다.
문장 안으로 들어왔다는 뜻이기도 하다.
손에는 커피잔.
창밖을 내다본다.
그 위로, 아래로, 옆으로 나의 말은 쏟아지고, 흘러내리고, 튀어오르고 흘러간다.

(보이스 오버로)

벌써 겨울이야. 어제는 가을이었는데 오늘은 겨울.

이제 봄을 기다리자.

겨울을 살아야겠지. 겨울을 잘 살아야 일년을 잘 견딘다. 입동 지났고, 소설 지났고, 대설이 다가오겠군. 그 다음은 동지. 내년 봄은 더 잘 살아야겠지, 나는 봄에 시를 많이 썼다. 봄시가 많다. 통계는 없다. 느낌이다. 올해는 그냥 지나갔지만 상계역 앞 벚꽃이 지기 시작할 때 그 밑에서 맥주 마시는 일은 행복하다. 단, 며칠. 이런 행복을 올해는 강릉에 가 있는 동안 놓치고 말았다. 내년 봄에는 상계역 벚나무 밑에서 맥주를 마시며 김춘수의 「서풍부」를 낭독해보리라. (다시 책상에 앉는다. 컴퓨터 전원을 넣고 화면이 떠오르기를 기다린다. 이때 방문 두드리는 소리 들리고, 식사하라는 집사람의 목소리가 들어온다. 밥먹는 기계. 食蟲은 카프카보다 윗길 표현)

6#

다시 책상 앞이다.

달라진 건 없다.

생수를 마신다. 폰을 열고 음악을 들으려다 포기한다.

음악이여 안녕. 폰이 울린다. 웬 폰?

박세현 선생님 폰이지요?

네, 누구시지요?

저 모르시겠어요?

모르겠는데요.

왜 모르실까? 어떻게 모르실 수가 있을까요?

저는 선생님을 잘 알고 있는 사람입니다.

그런가요. 좀 당황스럽군요. 누구신가요?

차차 아시게 될 겁니다. 저는 선생님 시 독자이기도 합니다.

3월인가 웹진에서 시도 읽었어요. 「진주목걸이」던가요?

그런 시 있었습니다만.

그 시 읽으며 공감했더랬습니다.

제 탓은 아니지만 암튼 죄송하군요.

그래요. 제 문제지요.

선생님이 죄송할 일은 아닌 것 같은데요.

내 시가 남의 마음을 움직였다면 그건 시의 실숩니다.

내 마음도 흔들지 못하는 시가 남의 정서에

터무니없는 균열을 내는 건 치사한 도발입니다.

시는 불온한 거잖아요. 거의 불미스럽지요.

내 말뜻을 왜곡하지 마세요. 그거랑 이거는 다릅니다.

시를 읽고 울었다는 독자의 반응을 볼 때마다 울고 싶어

집니다.

지금은 19세기가 아니거든요. 계몽은 끝.

그런 시가 있다는 건 독자 입장에서는 좋은 거 아닌가요?

문학적 사춘기의 증거입니다.

　　　너무 심하시다.

미안하군요.

괜찮아요. 선생님은 자연스럽게 안티를 발아시키고 육성하신 분입니다.

그런가요?

일종의 모두까기지요. 종말에는 도저한 자기부정에 이르겠지만.

쓸쓸한 일이지요.

알고는 계시군요.

네. 거의 실천적이지요.

현실에서는 체제지향적으로 살지 않으셨나요?

체제의 품에 안겨 살았습니다. 본래 그런 사람은 아니지만.

나름 솔직하시군요.

근데 누구세요?

차차 아시게 될 건데요.

「진주목걸이」를 잘 읽으셨다면 돋보기를 쓰실 연세겠군요.

이번에 내신 시집도 제 손에 있는 걸요.

독자가 있다는 건 쓰는 사람의 소망이지만 구체적 독자는 부담이지요.

걱정마세요. 저는 모호한 독자랍니다. 게다가 애매하구요.

선생님한테 전화드린 건 우리 독서모임에 초청하려구요.

독서모임이 있군요.

알차고 깊은 독서모임이거든요.

선생님도 오시면 빠져드실 거예요. 틀림없이요.

그런 건 왜 한답니까?

그러게요. 그런데

시인은 공인(公人)인데 그런 반동적인 생각을 가지시면 되나요?

나는 공인이 아닙니다요.

나는 단지 방구석에서 키보드를 애무하는 새디스트입니다.

호호호. 그런 멋진 말씀을!

문학의 공적 가치가 종료되었다는 건 제 생각이구요, 그래서

시인은 오늘날 핸드마이크를 들고 골목을 어슬렁거리는 건달들이지요.

문인은 공인이 아닙니까?

공인은 예능인들과 체육인들이 공인이지요.

제가 오해했군요.

국민 세금을 떡주무르듯이 챙기는 국회의원들이 공인 갑이지요.

세금으로 문집을 내는 문인들도 공인이겠군요.

궁극의 자기를 만나려는 (적)극적인 소망을 가진 존재가 더 시인이겠지요.

순수한 차원의 온전한 사인(私人)를 꿈꾸는 자.

독서모임에서는 어떤 책을 주로 읽으시나요?

주로 선생님 책만 읽고 있거든요.

제 책을요?

정말이거든요. 박세현 전작모임이라 할 수 있지요.

음, 무슨 말인지는 알겠는데 이해는 가지 않는군요.

선생님이 오셔서 가벼운 토론을 해주시면 됩니다.

자유롭고 너그럽게요.

관심 있으시지요?

오리무중 속을 걷는 기분이랍니다.

그러실 수도 있겠지요.

제 책을 위한 모임이라니 의무감이 생깁니다.

그러실 거예요. 그러실 줄 알았어요.

근데 전화하신 분은 독서모임의 리더인가 보지요?

그냥 회원입니다.

회원은 몇 명이나 되나요?

회원은 저 혼잡니다.

(전화는 여기서 툭 끊어진다.

다시 전화를 걸어봤지만 통화는 되지 않았다.)

7#

나는 웃는다. 폰을 내려놓으며 오른손 손가락을 모아서
책상을 톡톡 두드린다. 마음을 정리하는 습관이다.

(보이스 오버) 이상한 전화군. 뭐야. 장난 전환가.

그렇겠지. 그렇더라도 이상하군. 보이스피싱이군. 재밌
네. 박세현 전작주의?

세상에 그럴 일은 없을 것이고. 있다손 치더라도 해프닝
이다.

학자들이나 할 짓이다. 예컨대 임화나 박태원, 이태준과

같은 작가들의 문학적 동선을 추적하는 학자들에게나 필요한 작업들이다.

방금 내가 헛것과 통화를 했나 보군. 다시 한번 전화를 해봐?

없는 번호라는 메시지 음성이 나오는군.

잠시의 환청이었네. 꿈이었나.

환청과 환상이 가려주지 못한 현실은 늘 악몽이다.

동경 오지 않겠소?

다만 이상을 만나겠다는 이유만으로. (이상)

8#

나는 일어나서 다시 방안을 서성댄다.

무슨 생각을 한다는 듯이, 생각을 털어버린다는 듯이
방안을, 좁은 방안을 오래, 느리게 서성댄다.

시인들이 창조한다고 하지만 과연 무엇을 창조했는가?
이강의 시가 지나간다.
내 목소리로 시를 소리내어 낭독한다.
남들의 글을 훔치고 인용하고 은폐하고 있었을 뿐이다.
(그렇지요, 이건 나의 추임새다)
도대체 남들의 글을 읽지 않고는 시를 쓸 수 없고, (그럼요)

시라는 이상한 글쓰기를 모르고는 시를 쓸 수 없다. (네)

사정이 이렇다면 나만의 독창적인 사고가 있는 게 아니라 나와 남들의 대화가 있을 뿐이고, 내 사고는 남들의 사고의 쓰레기이다. (맞습니다. 누구의 시는 누구의 찌꺼기겠지요 냄새나는 분비물에 지나지 않습니다. 그리하여 내 것과 남의 것이 뒤섞여 분간할 수 없는 혼돈. 그것을 시라고 부르겠습니까? 선생님도 고개를 끄덕이시는군요. 급발진은 없고 안전빵을 만드느라 없는 고민을 고민하고 있는 시인들에게 한 마디 해주십시오, 제발)

9#

나는 책상에 있는 시집을 집어든다. 『自給自足主義者』다.

표지를 보고, 표사를 본다. 그냥 슬쩍 보는 것. 그리고

시집을 후루룩 소리가 나도록 넘겨본다. 손끝에 만져지는 종이느낌을 체감한다. 만족과 불만이 어떤 균형점을 찾으려는 순간이다.

다소간 새로운 포맷을 가지고 있다는 점은 만족이다. 이런 것이 시집의 정본이라는 듯한 표정을 짓지 않고 있어서 만족스럽다.

불만도 크다. 너무 시 같다. 누가 봐도 시 같다면 이건 실패다. 평론가도 일반 독자도 시큰둥하기 십상이다. 이건 뭐야? 이런 표정을 지으며 돌아설 것이다. 독자들에게는 미학적 갈증을 채워주지 못한다는 혐의로 인해 기소될 것이

고, 평론가들에게는 자기들이 익힌 이론을 써먹을 근거가 없다는 의구심으로 일고의 여지없이 기각될 것이다. 이 작자는 뭐야!

한달음에 주르륵 쓴 것 같은 시 있지? 그런 시야.

언젯적 시인이냐. 이젠 링밖에 있는 시인들이잖아.

네버랜드 시민인가? 원로반열에 무얼 더 바라겠니.

원로는 먼 길을 떠나야 할 분들이지.

10#

다시 휴대폰을 주무른다.

망설인다.

전화를 건다.

여보세요. 통화 괜찮으세요? 다행이군요. 그냥 걸었어요. 그렇지요. 꼭 그런 건 아닌데, 아닌 것도 아닌 것 같아요. 일종의 출판우울증이랄까. 네. 네. 잘 아시는군요. 아니오. 시집에 바라는 건 없답니다. 그냥 잘 책으로 나왔으니 그걸로 족합니다. 공교하게도 아까 라디오에서 목월이 쓰고 김성태가 작곡한 '이별의 노래'가 나왔어요. 가수는 베이스 김요한. 그 노래가 구성지게 들렸어요. '산촌에 눈이 쌓인 어느날 밤에/ 촛불을 밝혀두고 홀로 울리라.' 그럴 수도 있을 겁니다. 계절도 그렇고, 내 나이도 그렇고 등등 그럴만하지요. 감상적이라는 말이 누군가에게는 아직도 유효성이 있군요. 감상과 감성은 모음의 방향이 다른 만큼 다르지만 근원은 같은 듯 합니다. 억지라고요? 그렇습니다. 제가 괜히 전화 걸어서 싱거운 소리를 해대는군요. 표사를 읽으셨군요. 손 없는 날 만나서 쓸데없는 소리나 지껄이는 거지요. 네. 그럼요. 들어가세요. 전화 뚝.

살아갈 앞날을 탓하면서
한잔 해야겠다(김종삼)

11#

베르디의 오페라 나부코(Nabuco) 중 '히브리 노예들의 합창:

가거라, 상념이여, 금빛 날개를 타고'가 흐른다. 방안은 좀 물러졌다. 나는 음악에 귀를 준다. 수긋하다. 차이코프스키, 파헬벨, 바흐가 이어진다. 저 음악을 들으면서 나는 본 적 없는 김남주의 시를 생각한다. 오래 전 해남에 가서 그의 생가를 본 적이 있다.

모름지기 시인이 다소곳해야 할 것은
삶인 것이다
파란만장한 삶
산전수전 다 겪고
이제는 돌아와 마을 어귀 같은 데에

늙은 상수리나무로 서 있는
주름살과 상처자국투성이의 기구한 삶 앞에서
다소곳하게 서서 귀를 기울여야 하는 것이다
그것이 비록 도둑놈의 삶일지라도
그것이 비록 패배한 전사의 삶일지라도

삶의 의미는 삶이다. 톨스토이는 별 말을 다했군.
밤이 늦었다. 늦었기 때문에 자려는 건 아니다.
생각도 너무 많이, 자주 하면 닳고 헐어버린다.
가거라, 생각이여, 오늘 밤은 금빛 날개를 타고 가자.

　　12#
날이 밝았다.

창문을 열고 대지의 기운을 방안으로 불러들인다.
(다시 문장 속으로 들어왔군. 안녕!)
호명하지 않아도 오는 것들. 자연, 사랑, 기쁨, 한 다발의
쓸쓸함.
다 알겠는데 사랑은 잘 모르겠다. 내가 쓸 말은 아닌 듯.
어젯밤 김남주의 시 제목 가운데 사용된 말 '모름지기'가
좋다, 왠지. 나에게는 이렇듯 이유 없이 다가와 내 속에 조
용히 침잠하는 말이 좋다. 그런 말들에 속절없이 지고 만
다. 그러세요. 당신 뜻대로 하세요.

질 낮은 말장난을 하자면 모름지기는 모름을 지켜주는 존재다.

모른다는 것처럼 신비롭고 싱싱한 상태는 더 없을 것이다.

안다는 거? 알기는 뭘 알아? 그건 아버지의 지식이지.

내가 아는 건 내가 아는 게 아니다. 이제 챗지피티에게 물어야지.

(고맙다, 인공지능아, 어서 시를 팡팡 써다오,

내가 꿈도 꾸지 못할 시들을 써다오.)

컴퓨터의 전원을 넣으려고 손을 뻗다가 손을 회수한다.

나는 글로생활자도 아니고 문장노무자도 아니다.

페이스북에 좋아요를 눌러주는 알바다.

이런 나를 살면서 나는 어깨너머로 웃고 있다.

13#

휴대폰 발신음이 울린다.

모르는 사람이다. 모름지기군.

안녕하세요. 접니다.

누구신데요?

어제 전화 드렸던 사람인데 벌써 잊으셨나요?

잊었는데요. 다시 전화했더니 없는 번호더군요.

그럴 리가요? 저는 그런 사람 아니거든요.

그런 사람 같은데요.

시인학교가 지금도 레바논 골짜기에 있나요?

폐교되었답니다.

어제는 독서모임에서 선생님 시를 필사하자는 의견이 있었어요.

필사(筆寫)는 필사(必死) 이하도 이상도 아닙니다.

그 시간에 산책이나 하시는 게 좋을 겁니다.

그럴 줄 짐작은 했거든요.

독서모임에서 선생님 책을 전작으로 읽고 있다는 건 기억하시지요?

네.

그건 찬성하시는지요?

그 일은 제 문제가 아닌 것 같습니다.

남의 말 하듯이 하네요.

그 일은 내 일은 아닙니다. 하든 말든.

화를 내시는 건가요?

나는 거세된 사람이거든요.

지금 화를 내시는 거 아니신가?

누구세요? 아, 독서모임이라 그러셨지.

굳이 저를 알고 싶으세요? 그러면

굳이는 아닙니다. 왠지 낯이 익어서요.

저요? 선생님도 저를 알지요. 제가 선생님 속에 있으니까요.

그게 무슨 말이지요?

제가 선생님입니다. 선생님의 반사경. 또 다른 자아. 아트만.

그중의 하나일 겁니다. 더 궁금하시면 이따 이 번호로

전화 걸어 보세요.

틀림없이 제가 받을 겁니다. 아셨지요?

말 같지 않은 소리군요. 통. 홀린 듯 하네요.

선생님 어법으로는 다들 세상에 홀리고, 자기에게 홀려서 남의 정신을 제정신으로 들여놓고 살잖아요.

그게 좋은 삶입니다. 제가 보기에는.

자기가 없잖아요. 몰주체.

자기 없이 사는 게 세속적 행복입니다. 몰주체 이코르가 행복.

호. 호. 호.

하. 하. 하.

선생님.

네.

질문 하나요. 선생님에게 시는 뭔지요?

즉답은 모르게스.

모르게스? 아르헨티나 시인인가요?

제게 시는 오르가즘의 순간에 모르는 사람의 이름을 부르는 것이지요.

그건 하루키지요. 단편 「돌베개에」.

내 얘깁니다.

14#

어제처럼, 어제와는 조금 다르게, 무엇이 다른지 모르면서 방안을 산책한다. 서가에서 책을 꺼내 손에 든다. 세사르 바예호. 내가 모르는 시인도 많군. 이 시인도 나를 모르겠지. 제목은 『오늘처럼 인생이 싫었던 날은』. 인생이 좋았던 날도 있었다는 제목이다. 괜히 군소리를 해보는 거다. 다시 책상에 앉는다.

책상은 나의 고향이다. 피난처다. 자궁이면서 미궁이다.
당고개역 부근에 순금만 파는 가게가 있다.
오늘은 거기 가서 순금을 보고 와야겠다.

15#

일년 중 밤이 제일 긴 날이다.
지루한 밤이 될 수도 있다.

이 셀프멘터리가 끝나면 나는 문장 밖으로 나가 한겨울에게 인사할 것이다. 한겨울은 묻겠지. 어떻게 지내시느냐고. 나는 공손하게 말하겠지. 시집에 들어갈 셀프멘터리 대본을 작성했다고. 그런 건 왜 하냐고 한겨울은 묻겠지. 나도 모르겠다고 말하겠지. 사족이 아니냐고 되묻는다면 나는 그렇다고 대답할 것이고, 내 스타일로는 군더더기야말로 시의 핵심이라고 말할 것이다. 한겨울은 웃겠지.

그러면서 한겨울은 말할 것이다. 선생은 구구법도 해설할 수 있다고 할 것이고, 스마트폰 메뉴어리도 해설할 수 있다고 할 사람이다. 해설에 반대하는 선생의 논리를 야유해 본 것이다. 나는 토 달지 않고 받아들일 것이다. 나는 조용히 혼잣말을 중얼거리겠지. 내 글쓰기는 실패로 끝날 것이다. 이 말은 수정되어야 한다. 미래형이 아니라 현재형이어야 한다. 이미 실패했으므로 실패할 것이라는 예측은 자기 방어적이다. 한겨울은 거듭 말할지도 모른다. 당신의 글쓰기는 마침내 실패에 도달했다. 그것을 인정해야 한다. 당신에게만 조용히 말해주겠다. 당신이 쓴 시의 실패는 동어반복이 아니라 의미에 헌신했다는 데 있다. 풀어서 말하겠다. 이른바 문학에 대한 세상적 규정 속에 포함되려 애썼다는 것이 그것이다. 나는 듣기만 한다. 더러 고개를 끄덕인다. 실패할 수밖에 다른 도리가 없어서 송구하다. 한겨울은 한 마디 더 한다. 선생도 이제 망명지를 찾아나서야 한다. 원숙한 척, 초월한 척 하지 말고, 여전히 서툰 실패자의 열정이 깃들 장소를 찾아야 하리라. (제대로 망가질 것을!) 그곳도 선생의 문학이 될 것이다. 우리 망명지에서 다시 만나자. 한겨울에게 감사하며 나는 말없이 말한다. 이웃에게, 지인에게, 동지들에게, 노트북에게, 나무에게, 인쇄공에게, 택배서비스에게 나의 실패를 고백하고 이해를 구하리라. 무엇보다 내 시의 행간에서 오도 가도 못하고 있는 의미의 잔해들에게 용서를 구해야 한다. 영하 10도의 한겨울도 수긍한다.

(등 뒤에서, 천장에서, 방문 밖에서 컴퓨터 자판 두드리는
소리. 자판의 또드락거림은 일정한 비트로 수근거린다.
참하게 다소 격정적으로,
모든 말을 쏟아내겠다는 듯이,
분노의 리듬으로, 희열의 리듬으로,
서글픈 속삭임으로, 그러나 담담하게, 더 담담하게,
모든 정감을 포용하는 걸음으로, 사랑의 느린 박자로,
간헐적으로, 느리게, 빠르게, 휘몰아치듯이 한 십 분
다시 십여 분 그러다가
문장과 화면이 툭 끊어진다.)
끝.

점심을 먹고, 점심은 뭘 먹었지?

갑자기 방금 전의 일이 삭제된다. 오후에는 그러니까 점심 후의 시간이 천천히 지나가면서 두 시쯤을 가리켰다. 무력감, 무료함, 무망함, 무위의 시간이 밀려왔다. 드문 일은 아니지만 오늘은 좀 더 농도가 있다. 서생처럼 앉아서 책을 읽는 일은 무력하다. 읽겠다고 사놓고 손도 못댄 책이 여럿 있는데 아마도 저 책의 활자들이 내 안구 속으로 들어오기는 어려울 듯싶다. 할 수 없는 일은 끝내 할 수 없는 일이 되더라. 정지돈의 책 『스페이스 (논)픽션』도 끝을 보지 못한 상태다. 정지돈은 대구 지방에 대해 쓰면서 대구에 여행 가면 막창은 말고 닭똥집튀김을 먹으라고 권했다. 꼭 기름장에 찍어서 먹어야 한다면서 이것이 자기가 아는 대구의 유일한 장점이라고 강조했다. 대구에 가서 닭똥집튀김을 기름장에 꼭꼭 찍어서 먹어 볼까. 그러면 지금 나를 찾아와 나의 힘을 빼고 있는 무력증을 조금 쉬게 할 수도 있을 것 같다.

외출복으로 갈아입는다.
대구로 가는 것은 아니다. 생각난 김에 인사동에 가서 그림구경이나 하고 오려는 것이다. 화랑골목에 가서 이런저런 그림을 보면 된다. 내가 언제부터 그림을 보았다고 이

러냐. 지금부터다. 부자들은 모이면 예술얘기를 하고 예술가들은 모이면 돈 얘기만 한다고 누가 그랬지. 화가들은 만나면 재료 얘기만 한다고 아는 화가가 말했다. 한국 시인들은 모이면 지원금 얘기만 하는 건 아니다. 현관문을 밀고 나가 엘리베이터 버튼을 누르다가 다시 돌아온다. 마스크를 쓰지 않았던 것. 마스크를 찾아 쓰고 조금 전의 행동을 반복한다. 엔지모음 같다. 아파트를 나서면 바로 상가 골목이다. 상계역까지 대략 백 미터 안팎 거리다. 좁은 골목 양편은 번듯한 건축물이 없고 그만만한 상가 건물들이 목례하듯 마주보고 있다. 나의 무의식이 전시된 듯 하다. 설명은 줄인다. 어디나 있고, 어디나 있어야 할 가게들이다. 한 가지는 강조해야겠다. 3~4층짜리 건물들 지하는 거의 노래방이다. 노래방촌이라고 해도 지나친 말은 아니다. 한가한 날 이 동네 노래방이 몇 개인지 통계를 만들어보고 싶을 정도다. 전철역 개찰구 앞에서 지갑이 없음을 깨닫는다. 되돌아서서 왔던 길을 밟으며 아파트로 간다. 시내나들이는 이런 이유로 포기된다. 전철 개찰구 앞에서 제가 시인인데요, 아니 제가 전직 교순데요 지갑을 놓고 왔거든요. 어떻게 안 될까요? 이렇게 말하는 상상을 해보는 건 재미있다. 지하철 직원은 말하겠지. 어쩌라구요.

모든 전직이여 엿 드세요.

아파트로 들어가기 전에 아파트 안에 있는 공원 벤치

에 앉아서 마음을 달랜다. 그림구경을 하지 못한 것에 대한 미련은 없다. 오늘 일정에 그것은 포함되어 있지 않았다. 무료함에 대한 반발심으로 급히 작심한 일이라 어이없게 무산되고 만다. 시베리아의 찬 공기가 도착하지 않아서 서울 동북부의 하늘은 늦가을의 색을 지니고 있고, 바람도 공원감을 즐기기에 적절하다. 고교동창들 반은 손주 보고, 반은 죽었다고 하던 지인의 말이 지나간다. 아침 먹고, 점심 먹고, 저녁 먹고, 커피 마시고, 잠자고, 화장실 가고, 인터넷 검색하고, 산보한다. 그러면 하루가 간다. 이만하면 된 거다. 미진한 건 뭐야? 무언가는 있는데 그게 무언지는 꼭 집어서 말하지 못하겠다. 정체 없는 그 무엇이 간단없이 찾아온다. 26층짜리 아파트 전신을 쳐다보느라 고개를 꺾는다. 아파트 현관 앞 분수대에서 뿜어지던 물줄기는 그친 지 오래고 아이들이 자전거를 타고 논다. 아이들의 재잘거림과 의미 없는 외침이 아파트단지의 무표정을 간지럽힌다. 화단을 지키던 화살나무의 붉은 잎들은 거의 다 졌다. 나는 노인처럼 일어선다. 노인이 아니라는 듯이 일어선다.

　나는 내 문장 속으로 걸어들어간다.

언젯적 박세현이야.

그 사람 아직도 써? 히야. 말도 안 돼.

그 사람 팔십년대야. 팔십년대. 팔십년대 누가 있어? 저런 문장이 들려오는 듯 하다. 가정이지만 뒷담화는 내 귀까지 도착하지 못하고 증발하겠지. 나의 흘러간 세월은 지금이다. 그렇게 생각하고 산다. 지나간 시절과 오지 않은 시간에 나는 미련이 없다. 이렇게 단정하면서 이 문장을 쓴다.

소설을 쓰겠다고 하면서 나는 이러고 있다. 딴은 이게 소설이지 싶다. (여러 문장을 삭제함) 문장의 내용을 밝히기 뭣해서 숨기기로 한다. 그건 그렇고 내가 쓰고 싶은 소설은 대책 없이 헷갈리는 이야기다. 이야기라고 할 요소도 없는 나부랭이 결집들이다. 그건 대체로 나의 이기심이지 어떤 이론적 근거나 문학적 신념에 따르는 입장은 아니다. 완결된 이야기, 무거운 문제, 인류애, 역사적 고증과 같은 것에 대해 쓴 소설은 대체로 관심이 없는 편이다. 예술이 되고 싶어하는 소설은 더 그렇다. 소설을 너무 고상한 차원으로 이끌고자 하는 방식과 시도들에 대해서는 마음이 끌리지 않는다. 현실 속으로 들어가서 그 현실을 허구로 리모델링하는 소설은 흥미롭다. 도둑질하러 들어갔다가

집주인 여자와 살림을 차리는 스타일의 소설이 좋다. 나보코프의 『창백한 불꽃』, 『서배스천 나이트의 진짜 인생』 계열이 내 생각을 견인한다. 내가 이런 소설에 끌린다는 사실과 이런 소설을 쓰겠다는 것은 별개다. 정작 내가 쓰는 소설은 쓰다가 마는 소설일 것이다. 용두사미 같은, 실패하는, 말도 안 되는, 소설의 ㅅ도 아닌, 아무것도 아닌, 정말 아무것도 아닌, 그래서 우스운, 슬픈, 재미있는, 웃음거리가 되는, 시도 아니고 수필도 아닌, 시도 아니고 수필도 아니라서 더 해괴한, 분리수거할 때 어느 칸에 버려야 할지 통 애매한 물건 같은, 읽지 않아도 되는, 읽지 않을수록 행복해지는, 읽지 않을수록 행복해질 뿐 아니라 상당한 자부심까지 생겨나는, 누구에게도 권할 수 없는, 도서관에서 대출된 적이 없는, 소설을 쓴 나도 잊고 있는 그런 소설이 되겠지.

나는 엔터키를 치고 행을 바꾼다.

엔터키를 두드릴 때마다 이상한 흥분을 느낀다. 앞의 문장과 생각과 지지부진과 작별하는 쾌감이 손끝을 타고 올라온다. 그 재미로 나는 자판을 두드린다. 자판을 두드릴 때 올라오는 소리의 리듬을 나는 즐긴다. 옛날 타자기에서 올라오던 소리와 다른 부드러움이 약음기를 장착한 말발굽 소리처럼 들린다. 초원을 달리는 말들의 질주가 상상된다. 내 생각도 그렇게 흘러가기를, 달려가기를. 소설이 아니라도 어쩔 수 없다. 나는 단지 자판을 두드리고 있을 뿐이다.

오늘은 맑음, 맑음. 내일은 모름.

누가 물었다.

내 안에 살고 있는 나일지도 모른다. 당신의 시는 가격을 붙여 시장에 내놓을 만한 물건인가? 선뜻 답하지 못하고 망설이게 된다. 나의 대답은 그렇지 못합니다, 정직하게 대답한다. 가성비 없습니다. 그런 줄 알면서 시집을 시장에 출시하는 이유는 무엇인가? 이 질문은 슬그머니 나의 뻔뻔함을 폭로하고 있다. 그렇지만 이라고 말하면서 무언가 변명거리를 찾아볼 겨를도 없다. 소설이라면 대답은 조금 쉬웠을지도 모르겠다. 소설이야 태생부터 시장을 배경으로 성장한 장르니까 이론의 여지가 별로 없다. 시는 어떻게 말하더라도 자기 사정이다. 자신의 절박성을 문자에 얹었다고 상품이 된다는 것은 과장이다. 나는 내 시에 대해서 특히 그렇게 생각한다. 자신의 절절함을 시집에 넣어서 시장에 내다판다? 그건 좀 아니지 않어? 그려. 나의 자문자답 속에는 분명한 나의 육성이 들어 있다. 상품성이 없다는 사실이 상품성이다. 이렇게 말하려는 건 아니다. 나는 저 앞의 문장을 전복시키고 싶지 않다. 어떤 시집은 여전히 서점에서 결제되고 있다. 그런 줄 알면서 나는 쓰고, 나는 시집을 만든다. 나는 시를 쓰는 일이 적어도 나에게는 참헛짓이라는 걸 안다. 그러면서 헛짓거리에 종사한다. 내 편이 없는 정적이 내가 도달한 나의 평원이다. 선불교가 세공한 수처작주의 순간일지도 모르겠다. 이 순간에 나는 시인이면서 소설 같지 않은 소설의 주인공이 되기도 한다. 불확실하고 모호한 것을 위해 확실한 시간과 열정을 바치는 사람이 된다. 그럴 수밖에 없다는 듯이, 그것밖에 다른 도리가 없다는 듯이. 이건 시를 속이면서 시에게 속는 짓인지도 모른다. 그래서, 그래도 쓴다.

나의 마지막 숭고다.

평론가 조재룡 교수는 만약 소설을 쓰게 된다면, 첫 문장을, 반드시, 이렇게 시작하고 싶다고 썼다. "이 책을 구입한 당신은, 이제라도 당신이 속았다는 것을 알아차려야만 한다. 도서관에서 빌린 자에게는 행운과 저주가 깃들기를." 이 문장은 내 시와 시집에도 꼭 맞는 병마개 같다. 내 시집을 받고 우물쩍 씹는 사람들과 내 숭고한 시집을 읽지 않는 사람들에게 부디 건강과 행운이 있기를. 너무 많이는 말고.

발자크 동상 앞에 서 있는
사르트르와 시몬 드 보바르
언젠가 두 사람은 기기 그렇게 서 있었디

사진 속 두 사람을 보면서
커피를 마시고 책을 읽는다
오늘 마시는 커피는 잊혀지겠지
저자도 잊혀질 것이다
분명했던 일들이 희미해지고 나중에는
기억에서 퇴장할 날들이 온다
그날을 위해 담담한 마음연습을 한다

알 수 없는 그날
알지 못해도 괜찮은 날들을 위해
커피 한 잔 더!

리형,

내 소망은 단 한 글자도 쓰지 않는 것입니다. 아무것도 쓰지 않는 것이 나의 최종적인 도달점입이다. 다시는 내 문장 속으로 입장하지 않는 것이 내 꿈입니다. 그것이 가능할까요? 리형은 내 말을 수긍하리라 믿습니다. 나는 리형도 알다시피 평생에 걸쳐 시를 써온 시인들을 존중해 왔지요. 내 앞에는 그런 시인들 몇이 있지요. 리형도 잘 아시지 않소. 작고한 시인도 두어 명 거론할 수 있겠지요. 한 사람의 시인을 오래 읽어가는 것은 일종의 자기애라고 생각합니다. 시인이 늘 수작만 쓴다는 보장은 없지 않습니까. 내 안목으로 보아도 실망스러운 시를 읽는 경우가 있는데 그럴 때 오히려 시인에 대한 애정이 솟아납니다. 그런 심경을 뭐라고 설명해야 할지는 모르겠습니다. 혹시 시인이 파놓은 함정 같은 게 아닐까 여겨지기도 합니다. 그 함정 속에서 시인 자신이 문학적 휴식을 취하고 있다는 생각입니다. 내 판단이 틀리다고 하더라도 판단은 나의 것입니다. 문학사적 시인들과 나를 견줄 마음은 없습니다. 나도 꽤 여러 해에 걸쳐 시를 썼지만 돌아보자면 다 심심한 시를 넘어서지 못했습니다. 그래도 리형이 내 시를 읽어주시니 마음 든든하기도 합니다. 시를 쓴다는 일, 이거 참 난감한 짓입니다. 물론 쓰는 사람만이 아는 묘한 즐거움이 없는 건 아닙니다. 내 속에서 시가 모두 탕진되는 날이 오기는 오겠지요. 나는 1980년대 시인입니다. 흔히 그렇게 구획지어지지요. 1980년대가 시의 시대라는 흥분 속에 놓여 있었고, 덩달아 많은 시인이 등장했습니다. 지금은 거의 또는 대부분의 입사동기들이 시에서 서둘러 명예퇴직한 정황으로 보이고 있습니다. 모르지요. 여전히 창작의 엔진을 끄지 못하고 나처럼 공회전을 하고 있는 축도 있을 겁니다. 1980년대에 시를 쓰기 시작했다면 그럴 수도 있습니다. 자기 양심과 시대적 양심을 일치시키려는 문학관 속에서 시를 쓴 시인들이 부지기수니까요. 민주화를 갈망했는데 민주화가 되고 나니 갑자기 싱거워졌을지도 모릅니다. 적이 사라진 병사의 고독쯤 될까요? 1980년대의 문학적 의제와 자신의 문학적 본능이 맞지 않은 시인과 독자들이 1980년대 한켠에 조용히 버티고 있기도 했습니다. 나는 어느 쪽에도 신념을 가질 수 없었던 사람입니다. 이를테면 문학적 방임주의라고 할 수도 있을 겁니다. 이렇다 할 문학적 근거도 없이 여태까지 나는 이러고 있습니다. 나머지공부를 하는 꼴이지요. 어서 이 과정을 벗어나고 싶습니다.

그런 날이 올까요? 리형.

리형, 어제는 눈발이 날렸습니다. 이유 없이 마음이 어지러워 황덕호의 『다락방 재즈』를 꺼내들었습니다. 여기저기 넘겨보는 거지요. 손끝에 눈이 달렸다는 듯이요. 거기서 두어 단락 그대로 복사합니다. 왜 이 글을 복사하는지는 리형이 더 잘 이해리라 믿습니다.

　다른 의견들이야 무시해도 그만이지만 "재즈란 먹고살기 힘든 직업"이란 말은 재즈 음악인들이 제일 듣기 싫어하는 말이다. 왜냐하면 그것은 사실이기 때문이다. 루이 암스트롱, 듀크 엘링턴, 찰리 파커, 마일스 데이비스가 활동했던 재즈의 황금시대에도, 자라섬 재즈 페스티벌에 한 해 몇십만의 인파가 몰리는 기이한 현상이 벌어지는 21세기 한국에서도 재즈 음악인의 곤궁은 변치 않는 진실이다. 이유는 간단하다. 실제로 재즈를 듣는 사람의 수가 너무 적기 때문이다. 모두들 재즈를 이야기하지만 재즈를 경청하는 사람, 필요로 하는 사람은 지극히 소수다.

　그럼 왜 이 음악을 연주하는 걸까? 그 이유 역시 간단하다. 오로지 재즈만이 그들의 미적 양심에 부합하기 때문이다. 달리 말하면 어떻게 하다가 악기를 잡은 이상, 그들은 재즈라는 음악의 어떤 수준에 반드시 도달하고 싶은 것이다. 일반적인 팝 음악에서는 사용하지 않는 기이한 코드 진행과 복잡한 리듬을 손에 완전히 익혀서 그것을 즉흥연주로, 자신만의 스타일로 완벽하게 소화해내고 싶은, 무모하고 철없는 목표를 삶의 이유로 삼고 있는 사람들이 재즈 음악인들이다.

　리형, 좀 길었지요. 여기까지가 황덕호가 그의 책 104쪽에서 쓴 글이랍니다. 물론 재즈 뮤지션들에 관한 이야기지만 나는 이 대목에서 자연스럽게 시인이라는 존재를 떠올리게 됩니다. '삼십이 넘어 가지고도 시인이라는 것은 망나니라는 말과 같다고 한 누구의 말은 어쩌면 그렇게도 찬란한 명구냐. 약간은 단념하고 약간은 욕망하고 하는 것이 제일 안전한 일인지도 모른다.' 앞의 따옴표 속은 김기림의 수필 「단념」에 나오는 문장입니다. 나는 지금 입을 깊게 다물고 있습니다. 리형, 내가 진한 글씨로 강조해두었지만 그건 나를 향한 겁니다. 시와 재즈를 포개놓고 생각하는 거지요. 시를 쓴다는 문자행위 자체가 무모하고 철없는 노릇이 아닌가 해서요. 나는 소설을 쓴답시고 책상에 앉아서 지금 딴생각을 하고 있습니다. 내친 김에 하나 더 전하겠습니다. 이건 정지돈이 데이즈드 12월호 인터뷰에서 밝힌 말입니다. 들어보시지요.

사실 논픽션은 언제나 픽션의 영역이라는 것을 인지할 때가 됐다고 생각해요. 픽션이 없으면 우리는 아무것도 실천할 수 없어요. 픽션들이 쌓여서 문화적 관습이 만들어지고 삶을 가동하는 거거든요. 픽션의 바탕에는 언어가 있고요. 모든 논픽션, 사실 아래에는 픽션, 허구가 어떤 방식으로든 묶여 있어요. 그래서 우리의 모든 행위의 근간을 그런 식으로 생각을 발전시켜 나가서 사태와 사물을 바라봐야 한다고 생각해요. 진짜 일어난 일인지 아닌지를 자꾸 구분하려는 습성을 극복해야 하는 거죠.

리형. 논픽션은 언제나 픽션의 영역이라는 대목에 공감합니다. 그가 발견한 말은 아닐지라도 열심히 쓰는 작가의 입에서 나오는 말이라 힘이 느껴집니다. 논픽션과 픽션의 불가피한 상보성으로 받아들입니다. 내가 남의 발언들을 길게 인용하는 것은 그들의 발언 속에 문학에 대한 나의 생각이 묻어 있기 때문입니다. 지금 내가 쓰는 글도 그렇습니다. 그저 무모하고, 소설도 아니고 에세이도 아니고 그렇다고 그저 아닌 것도 아닌 어떤 상태를 나는 길게 써나가는 중입니다. 꽤나 무모하고 철없는 짓거리입니다. 실패에 이르는 긴 호흡입니다. 언어에 묻어 있는 초라한 의미의 우울이지요. 리형, 밤이 깊습니다.

잘 지내시오.

쓸쓸한 시를 한 편 쓰려니
내가 쓸쓸하지 않구나

외로운가? 그렇지도 않다
그냥 닝닝하다 좀 싱겁다는 뜻
삶의 열기가 증발한 자리에는
이렇다 할 게 남아 있지 않은가 봐

새벽에 브라질 골문으로 쏘아넣던
월드컵 축구선수의 중거리 슛은 왜
골문이 아니라 내게로 와 꽂혔는가
그순간 내가 외로웠구나
나도 모르게 쓸쓸했다는 사실을
알아차린다

E선생님, 잘 계신지요? 안부가 궁금합니다.

시집을 냈으니 누군가에게 보여줘야겠다는 욕심으로 발송할 시집의 주소를 쓰고 있었습니다. E선생님의 주소를 찾다가 선생님과 나눈 문자를 읽었습니다. 문자가 끊어진 지 꽤 오래되었습니다. 마지막 문자는 개나리가 피었다는 문자였으니 봄이었을 겁니다. 기억나는 문자가 있습니다. 첫눈 내리는 어느 겨울 저녁 북촌 뒷길에서 한 인연을 만난다면 선약을 뿌리치고 그 자리에 얼어붙을 것이다. E선생님 문자인데 어떤 맥락인지는 감이 잡히지 않습니다. 저는 그 문자를 E선생님의 개괄적인 심경으로 읽습니다. E선생님 시집을 기다렸는데 올해도 그냥 지나가는가 봅니다. 제가 시집을 내는 것이 염치없는 일로 여겨집니다. '쓸데없이 조숙하여 일찍 늙었다'고 말씀하신 것도 기억에 박혀 있습니다. 잘 늙어지지 않는 정신도 일종의 질병에 속할 거라는 생각이 듭니다.

누가 저보고 밥먹듯이 시를 쓴다고 하더군요. 조롱이지요. 제가 시를 쓰는 건 속지 않으려는 몸짓이라고 봅니다. 세상사람들의 말과 생각과 제도와 관습이 뿜어내는 요란한 압력에 저항하는 몸짓이지요. 속으면 편하겠지요. 좋은 것을 좋다고 하고, 나쁜 것을 나쁘다고 하면서 살아가는 삶이 속는 삶이라고 생각합니다. 좋은 것과 나쁜 것에 대한 사회적 합의는 필요한 것이면서 한편으로 우리를 교묘하게 억압하거나 기만합니다. 시를 쓰는 일은 그런 합의에 동의하지 못하는 안티고네적 히스테리일 것입니다. 다들 그렇게 생각하지만 나는 그렇게 생각하지 않는다는 언어적 몸짓이 저의 시였으면 좋겠습니다. E선생님의 시대가 '야담과 실화'나 '선데이 서울'과 함께 물러갔듯이 제가 올라탔던 시대도 '전국노래자랑'이나 '열린음악회' 같은 뒤풀이로 흘러갔습니다. 모두가 박수 치고 있는 순간은 누군가가 누군가를 은밀하게 속이고 있는 순간일 겁니다. 제가 밥 먹듯이 시를 쓰는 건 이미 충분히 속는 존재로 살고 있는 저를 흔들어 깨우는 몸짓입니다. 그렇다고 해도 맞을 것이고, 아니라고 해도 맞을 것이고, 침묵해도 맞을 것이다. 어떻게 하겠느냐? 이런 화두 앞에 던져진 게 저의 삶이 아닌가 싶습니다. E선생님은 어떤 대답으로 몽둥이질을 당하시겠습니까?

시집을 보낸다면서 수다스러웠습니다. 생물학적으로 절대고독의 나라에 들어섰다고 하시는 E선생님에게 눈치 없이 췌언을 늘어놓았습니다. 폰에는 선생님이 날것으로 찍어 보내주신 미선나무가 흰꽃을 달고 있습니다. 3월 29일 화요일 오전에 보내주신 꽃입니다. 멸종위기에서 살아남은 희귀종이라는 선생님의 설명이 무슨 기미(幾微)처럼 다가옵니다. 멸종위기, 희귀종. 제가 요즘 소설을 한 편 쓰려고 하고 있습니다. 웃어주세요. 일종의 시적인 너스레이지요. 완성되면 한번 읽어주시길 바랍니다. 전철역에는 구세군이 등장했습니다. 상투적이지만 늘 건강하시라는 말씀을 드리면서 제 안부를 접습니다.

해피 뉴 이어.

소설은 차일피일이다. 어떤 소설을 쓰려는가?

소설을 쓰려는 나도 잘 모르겠다. 무엇을 쓰겠다는 건지 잘 모르면서 소설을 쓰겠다는 내가 우습다. 어떤 소설을 쓸 것인가? 그야 내가 잘 쓸 수 있는 소설을 쓰겠지. 내가 잘 쓸 수 있는 소설은 어떤 소설인가. 나는 내가 잘 쓸 수 있는 소설거리를 고민한다. 이것저것 머리로 굴려본다. 이런 소설은 낡았고, 저런 소설은 내 필력으로는 감당이 되지 않는다. 나만이 쓸 수 있는 나만의 소설이 있을까? 그런 의심이 들기 시작한다.

특별한 이유 없이 소설을 쓰겠다고 마음먹은 그날부터 나는 내가 쓸 소설에 대해 고민하고, 생각하고, 궁리하고, 구상하고, 조사하고, 탐색하고, 반성하고, 후회하고, 포기하고, 재고했지만 결론은 없다. 소설이 뭐지? 재미있는 소설을 궁리하지 못할 바에는 아예 재미없는 소설을 쓰자. 그게 더 재미있겠다. 일기 같으며 수필 같으며 잠깐 소설 같은 그러면서도 그 어느 것도 되지 못한 이야기. 이건 소설이 아니라고 말해주는 누군가에게 고맙다고 인사하겠다. 장편도 아니고 단편도 아니지만 중편의 밀도를 가지고 있지도 않다.

경장편이라는 이름은 나의 어설픔을 껴안아줄 듯 하다.

일주일째 강릉에 미물고 있다.

독거 중이다. 혼자, 혼자, 혼자. 어디선가 튕겨져 나온 것 같다. 나는 문장 밖에 서 있다. 긴 말줄임표 중간에 서 있다. 도망친 듯 하고 벌받는 듯 하다. 어느 것이 되었든 상관이 있겠는가만. 외롭다는 말보다 쓸쓸하다는 어감에 더 정이 붙는다. 내가 쓸쓸함 속에 있고 다시 그 속으로 들어간다.

눈발이 날린다. 희끗희끗. 모자를 쓰고 집을 나선다.

어디로 갈 것인가.

어디로 간다고 결정한 것도 아닌데 걸음은 시내 쪽으로 향한다. 시내라고 해봤자 내 걸음으로 십분이면 중심가에 다다른다. 눈발은 그저 먼 안부처럼 가뭇하게 흩날린다. 은행과 병원과 카페가 줄줄이 붙어 있는 거리를 지나간다. 익숙해서 오히려 생소한 거리 풍경이다. 혼자 앉아보던 독립영화관을 지나간다. 모든 독립은 외롭다. 문자가 온다. E선생님이다. 어제 오후는 참으로 따뜻했습니다. 안 하시던 전화도 하시고 행복한 시간이었지요. 오랜만에 제가 말문이 터져 주절주절 횡설수설 무슨 얘길 했는지 혹 실수를 하지는 않았는지 저어됩니다. 어제 오려던 눈이 하루 참고 오늘 오네요. 한 사람이 눈을 치우러 나갔습니다. 요컨대 서울에도 눈이 온다는 소식이다. 이 골목 저 골목을 구경하면서 다닌다. 이 도시에서 제일 번화하고 번잡한 골목을 빠져나와 남대천으로 나선다. 천변을 따라서 내 집 방향으로 걷는다. 대관령에서 약간의 미풍이 분다. 겨울날답지 않은 바람이 얼굴을 핥는다. 오늘 산보는 동네에 새로 개업한 카페 2층이다. 수수하다. 손님은 세 팀이 있다. 맘에 들 것도 없고 들지 않을 것도 없다. 커피 한 잔에 1,500원이다. E선생님에게 문자 답을 보낸다. 여기도 눈입니다. 늘 평안하소서. 너무 간단한가. 내가 꺼낼 수 있는 말의 총량이다. 이제 강원도를 떠날 때가 된 듯 하다. 오늘이 며칠 째지? 눈 오는 날 기념으로 장칼국수 생각이 났다. 카페를 나와 칼국수집을 찾아갔는데 이미 문을 닫았다. 헛걸음이다. 헛걸음은 짠하지만 마음에 남는 뒤는 견딜만 하다. 집에 돌아가 라면을 끓여야겠다. 계란 넣은 라면이 부럽던 스무살 대학 1학년 때를 그리워하면서

(추신)
E선생님이 언젠가 말했다. 쌤은 고정독자가 많이 있지요? 나는 웃었다. 고정 독자가 고정 간첩으로 들려서 웃고 말았다. 고정독자라는 말이 한참 나를 웃게 만들었다. 내 시집을 읽어주기를 바라는 지인들에게 나는 시집을 보낸다. 누구나 그러하듯이. 이제는 시집을 보낼 사람이 거의

없어졌다. 보낼만한 사람들은 돋보기세대로 물러앉았고, 아랫세대에게는 든보잡이 되었다. 내 탓은 아니다. 내 탓이다. 징징. E선생님의 물음을 생각하다가 여기까지 흘러왔다. 내 세대의 문학은 철지난 잡지의 표지가 되었다. 아무 것도 아닌 것이 되었다. 문학의 위기는 모르겠으나 내 문학은 위기다. 시시해. 점점 시시해. 데이비드 포스터 월리스의 책 제목을 빌어서 말하면 '거의 망한 상태에서 더 망하기'가 된다. E선생님은 금년이 등단 60주년이라고 말했다. 조금 더 친근한 사이였다면 '그래서요?'라고 말했겠지만 '아, 네!' 정도로 추임새를 넣고 입을 닦았다.

E선생: 요즘 어떻게 지내세요?
나: 밑 빠진 독에 물 붓는 재미로 삽니다.
E선생: (조용히 한참 웃는다.)

(보이스 오버) 봄! 봄이다.

봄은 건너뛰고 여름이 왔으면 싶지만 지금은 봄이다. 여름엔 빨간 모자를 쓰고 색안경을 끼고 바닷가를 걸어야겠다. 내가 쓴 경장편을 읽으며 수박을 먹어야겠다. 그러나 지금은 봄이다. 할 수 없이 시를 쓰게 될 것이다. 시 쓰기는 자기 속을 파먹는 일. 매일 노를 젓자. 낡은 배지만 노를 저어야 한다. 기다려도 오지 않는 사람, 쓰여진 적 없는 시와 소설, 촬영되지 않은 영화, 작곡되지 않은 음악을 기다려야 한다. 노를 젓자. 어디로 나아가는지 모르지만 노를 저어야 한다. 집사람은 인도 성지순례 중이고, 나는 서울의 끝 중랑천 봄길을 걷는다. 어제는 원로시인의 원로시를 읽었다. 시는 숙련인가 서투름인가. 대답해봐. 굳이 내게 시를 묻는 젊은이가 있다면 굳이 말하련다. 신춘문예처럼 쓰지 말고 문학상 수상작처럼 쓰지 말아야 한다. 그건 업계의 평균적 합의다. 당대의 문학은 당대의 소음이다. 의미와 가치에 기대지 말아야 한다. 독서를 끊고 문인들과 교류도 단절해야 한다. 시 쓰기는 없는 것을 좇아가는 소망의 형식이다. 어서 다음 장을 넘겨야 한다.

며칠 전, 익명의 문자를 받았다.

이번 시집 自給自足主義者가 제일 좋았어요. 다음 시집 기대 만발. 누군지 모르지만 감사합니다. 그러나 그런 말에 넘어가지는 말자. 그냥 노를 젓자. 늦었으나 뇌공간에서 문학사의 가스라이팅을 벗어나야 할 때. 거기 그었던 밑줄과 방점을 철거해야 할 때다. 부처를 만나면 부처를 죽이듯이 문학의 기원을 붕괴시켜야 한다. 오래 묵은 문예지와 문학 출판사는 수상하다. 그들이 한국문학의 우아하고 고루한 적폐다. 노를 젓자. 믿을 건 리얼리즘이다. 나의 리얼리즘은 나의 픽션이다. 더 쓸 말이 없을 때까지 노를 저어나가야 한다. 거기서 만나게 될 정신의 공백에서 다시 노를 젓자.

모든 익숙함을 버리고 노를 젓는 거다.

나는 다른 날처럼 책상에 앉아 있다.

커피를 마시고, 트위터의 타임라인을 훑어봤다. 리허설에 참여한 늙은 배우 같다. 아들뻘 배우들과 소통 없는 일상 대화를 나눈다. 그들에게 존경받으면서(무시받으면서). 각본이 마음에 들지 않지만 대충 자기 방식으로 연기하는 배우처럼. 소설을 쓰겠다고 출발한 이 글은 뻥이 되고 말았다. 모닝빵처럼 가볍게 입에 넣을 수 있는 소설을 쓰고 싶었다. 말랑말랑하거나 부드럽거나 한없이 평화로운. 읽는 족족 활자가 사라지는 소설을 꿈꾸었다. 끝까지 읽지 않고는 배길 수 없는 소설은 없을까? 서로 읽겠다고 실랑이를 벌이는 소설이면 좋겠다. 그러면 나는 문장 속에서 조용히 걸어나와 초면인 독자들에게 인사할 것이다. 수고하십니다. 소설을 읽으시는군요. 그러나 현실은 그렇지 않다. 나는 공항에서 팻말을 들고 얼굴 모르는 고도(Godot)를 기다리는 카툰 속의 남자처럼 오지 않는 소설의 첫줄을 기다리고 있을 것이다.

그리고 말할 것이다.

나: 내일은 정말 소설을 써야겠다. 무슨 소설을 쓰지?

모르겠다. 모르겠어.

그것이 내가 소설을 써야 하는 이유가 되겠지.

누가 알겠는가.

없는 길도 길인 듯이 가다보면

어딘가에 다다르고 그게 길인 듯 생각하자.

도사 같은 사람이 나타나

여긴 길이 아니니 돌아가라고 선언해도

가봐야 할 길과 걸음은 있다

여담

ⓒ박세현, 2023

1판 1쇄 인쇄__2023년 05월 10일
1판 1쇄 발행__2023년 05월 20일

지은이__박세현
펴낸이__양정섭

제작·공급__경진출판
　　　　　사업장주소__서울특별시 금천구 시흥대로 57길 17(시흥동) 영광빌딩 203호
　　　　　전화__070-7550-7776　팩스__02-806-7282
　　　　　홈페이지__http://https://mykyungjin.tistory.com
　　　　　이메일__mykyungjin@daum.net

값 12,000원
ISBN 979-11-92542-38-6 03810